Pasión de fondo

Literatura Mondadori

Pasión de fondo

ALEJANDRO MANARA

Para Arabella
un relato
nuferente
un una mujer
fuerte e inteligente
un abrazo

Nov 18 | 2017

MONDADORI

Manara, Alejandro
    Pasión de fondo - 1ª ed. - Buenos Aires : Mondadori,
2006.
    192 p. ; 23x14 cm. (Literatura Mondadori)

    ISBN 987-9397-48-7

    1. Narrativa Argentina. I. Título
    CDD A863

IMPRESO EN LA ARGENTINA

Queda hecho el depósito
que previene la ley 11.723.
© 2006, Editorial Sudamericana S.A.®
Humberto I 531, Buenos Aires.

www.edsudamericana.com.ar

Publicado por Editorial Sudamericana S.A.® bajo el sello Mondadori
con acuerdo de Random House Mondadori

ISBN-10: 987-9397-48-7
ISBN-13: 978-987-9397-48-0

Para los seis mosqueteros:
you know who you are.

"Y no voy a dejar de amar sólo porque tú has decidido quebrar a fuerza de martillo el lecho que trenzó nuestros cuerpos. Inútil que intentes deformar su huella: en cada golpe se renueva como espuma el contorno; y la voz, su grito, su gozo, se eleva y canta. "Las calles llevan el trazo de nuestras manos enlazadas. A ciegas, una y otra vez, podría recorrer el camino que dejó esa presencia: una, por el olor de los pétalos con que de mañana cubrí tu piel; otra, por el murmurio que nuestros nombres levantaron, limaduras de sol, entre los días y las horas; otra más, por la felicidad que labios y ojos se entregaron, así sea esa palabra breve y traicionera. No hablo, por supuesto, de nostalgia."

Esther Seligson, *Hebras,* 1996

...le problème du bonheur est le problème de la vie...

Stendhal, *Rome, Naples et Florence en 1817*

El 16 de marzo de 1840 Stendhal escribía en su diario
que había leído las memorias de Casanova desde
medianoche hasta las dos de la mañana. La fascinación
de Stendhal por la vida galante es notoria, pero en el
atardecer de su vida de repente confluyen todas las cosas
que como él dice "hubieran podido ser y nunca fueron":
el miedo por su fealdad, la conciencia de su pesadez
física, de la decadencia de su cuerpo,
el sentido de un amor hacia la vida no correspondido.
Hay otro aspecto de la personalidad de Stendhal que
resulta muy atractivo. En varios de sus libros, *Rome,
Naples et Florence en 1817, Promenades dans Rome* y otros,
habla de viajes a Sicilia que nunca hizo. Se ha escrito
mucho sobre el amor de Stendhal por Italia, pero muy
pocos mencionan, como Leonardo Sciascia,
estos viajes apócrifos a Sicilia.

—¿Qué te parece Taormina?

—¿Y por qué Taormina, por qué no Indochina?

—No me vaciles, chico. Porque es más cerca. Además para mí tiene muchos recuerdos de un sitio del que hablamos mucho, pero al que nunca pudimos llegar… —dijo Aurelia.

—Está bien, si tiene que ser, que sea Taormina.

—Ya tú verás; te va a gustar… especialmente fuera de estación. En febrero florecen los almendros, los campos se llenan de flores blancas. Me contó la siciliana que vive en el piso de abajo.

—La verdad es que el campo nunca me interesó demasiado, eso sí, no conozco Sicilia; veremos las ruinas. Aquel teatro griego. Además está el mar, porque Taormina queda sobre el mar, ¿no?

—Sí, claro. Imagínate, sin turistas.

—¿Se te ocurre que en Italia puede haber un lugar sin turistas?

—¿Cuándo es tu congreso en Palermo?

—Del 17 al 20 de febrero y quedo libre el mismo 20.

—Perfecto, yo llego el 20. Dormimos en Palermo y a la mañana del 21 alquilamos un carro. Salimos para Taormina; creo que serán unos doscientos kilómetros, ¿qué te parece?

Fernando terminó de escribir un memo a su secretaria, apagó la computadora y se dispuso a salir. Al día siguiente tenía una reunión con sus socios. Necesitaba que ella le preparara el dossier de cada uno de los temas a tratar. Eran las seis y cuarenta. En París sería casi medianoche. ¿Qué hace Aurelia todavía en la oficina?, pensó. ¡Ah! Claro, me dijo. Tenía que mandar un artículo antes del cierre del diario en Caracas. ¿Qué tiempo hará en París?

En el camino al Club Fernando tenía que comprar unas flores y vino para la comida sorpresa que le habían organizado a Isabel, su mujer. Era el cumpleaños. Llamó a su cuñado al celular para confirmar la cita y, mientras le daba una doble vuelta de llave a la puerta de la oficina (era el primero en llegar y el último en salir), recordó que El Fénix cerraba a las nueve. Aunque siempre podía pasar por un supermercado, prefería comprar en tiendas chicas.

Cuando ingresó al *garage*, el encargado oficial no estaba, y su reemplazante discutía por teléfono el vencimiento de las cuotas de un televisor. Sus llaves no estaban en la esquina superior del tablero como siempre. Tardó en encontrarlas. El trayecto de su oficina hasta el Club no era largo, pero en los últimos tiempos el tráfico en Buenos Aires había crecido notablemente. A estornudos pudo avanzar por la avenida 9 de Julio hasta el obelisco. La costumbre de conservar algún semáforo roto permanecía inalterada pese a las recientes euforias eficientistas.

Llegó con veinte minutos de retraso y Nicanor lo esperaba en el bar charlando con dos veteranos esgrimistas y con el profesor con quien tomaba clase una vez por semana. Se cambió. Entró a la sala con cierto alivio: el deporte le producía un cansancio placentero y Nicanor era el rival perfecto: siempre estaba a punto de ganarle pero Fernando al final lograba mantenerse invicto. Ahora que había dejado el fútbol de los sábados por la mañana, mantenerse en forma se había convertido en una de sus prioridades. Aunque no le gustaba hablar del tema con sus hijos; "lástima que no tuve mujeres, por lo menos no tendría el asunto del deporte como tema recurrente...".

Nicanor en cambio tenía tres hijas que lo mimaban y lo hacían sentir atractivo y querido y no lo solicitaban constantemente para jugar al tenis o al fútbol. Ciertas veces accedía porque le servía para evitar que la panza prosperara: como todo tipo que había hecho mucho deporte en la juventud —Fernando había jugado al rugby en el colegio—, si abandonaba el ejercicio, engordaba inmediatamente. Con esfuerzo tremendo lograba ir dos veces por semana a nadar media hora a la pileta del Club, y los miércoles, esgrima con Nicanor.

También había dejado de fumar, algo más para incentivar el fantasma de la gordura.

La falta de compromiso que significaba enfrentarse con Nicanor le permitía distraerse cada vez que cambiaban de lado. Mientras su rival se ponía en guardia Fernando se detenía en los pómulos de Aurelia, en su risa sonora, en la mirada que lo acariciaba cada vez que ella aparecía en sus sueños.

Sus estocadas eran lentas, cuidadas, siempre a la defensa. Sus paradas eran limpias, impecables. Sin demasiado esfuerzo. Solamente arremetía cuando Nicanor tiraba a fondo. Le permitía avanzar, dos y tres pasos, hasta que Fernando paraba el golpe y lo tocaba apenas, como quien no quiere la cosa.

Una hora después enrolló la toalla mojada y la metió en el bolsillo con red del bolso. Estuvo a punto de ponerse la corbata, pero no tenía sentido si en casa se iba a cambiar. Se peinó y salió. Verano raro, éste, pensó. Nunca estuvo tan fresco. ¿Qué tiempo hará en Sicilia en febrero? Hace doce meses que no nos vemos. Aurelia era corresponsal en París de un diario venezolano. Antes había pasado tres años en Buenos Aires, allí se habían conocido, en un cóctel en la Embajada de México.

Fernando metió el bolso y la espada en el baúl y subió. Puso el motor en marcha. Cuando se dio vuelta para salir del estacionamiento, escuchó un golpe en una de las puertas: Nicanor asomó la cara.

—Che, ¿no pensás llevarme...?

—Perdoname. Estaba con la cabeza en otro lado. Tenemos que pasar por El Fénix: tu mujer me pidió que llevara unas botellas de vino y de champagne. Me olvidé completamente. No le digas que las compramos ahora, porque seguro que llegamos tarde...

—¿Por qué no vamos al supermercado? Es más barato, además tiene estacionamiento. Ahí en Libertad y Santa Fe hay siempre policía y enseguida te hacen la boleta.

Le daba igual.

—Mientras voy a buscar las bebidas, vos que entendés de estas cosas, ¿podés comprarme un ramo de flores? Algo grande, lindo...

—¿Qué flores le gustan a tu mujer?

—No sé. No tengo idea de qué vas a encontrar a esta hora de la noche.

Fernando eligió rápido. Sin reparar tanto en el precio, fue a las marcas conocidas y pidió una caja para llevar las botellas. Cuando volvió al auto, Nicanor estaba charlando con una mujer muy atractiva. No tuvo tiempo de presentarlos porque mientras él se acercaba, ella ya se había despedido. Subieron. Fernando arrancó. Nicanor estaba un poco alterado; se quedó mudo.

—¿Qué te pasó? ¿Quién era?

—Mona, ¿no? La conocí hace unos años. Era la secretaria de Luisito Vélez. Una mujer muy especial. Tuve una historia con ella.

—¿Cómo que tuviste una historia? ¿Querés decir un romance? Por favor...

—Bueno, sí. Duró casi dos años, creo... Un día me la encontré de casualidad almorzando en El Ciclista, ¿te acordás ese lugar donde almorzábamos en los 80? ¿El que quedaba en Cangallo y 25 de Mayo? No la reconocí. Ella tampoco me saludó. Se sentó en la mesa de enfrente. Yo estaba concentrado en mirar las cotizaciones de la Bolsa en *Ámbito Financiero* y ella me pidió fuego. Fumaba el cigarrillo con intensidad, lo apagó desprolijamente. Pasaba la mirada como un péndulo, sin detenerla, por el salón, que como siempre estaba plagado de agentes de Bolsa y de operadores de cambio. Cuando le di fuego por segunda vez, hubo algo en su mirada que me cautivó y me dio ganas de hablarle. Pero, claro, no me animaba. Ella tampoco estaba muy en plan de seducir; todo lo contrario. Mientras esperaba que ocurriera algo, cortaba la carne en trozos chicos para que me durara más el bife: había salido de mi rutina de agua mineral sin gas y pedí una cerveza. Hacía por lo menos diez años que no percibía el estado anímico de una mujer que no fuera la mía. Cuando ella pidió fuego por tercera vez, le regalé el encendedor.

—Como diría Blanche Dubois: *Quienquiera que seas... yo siempre he dependido de la gentileza de los extraños* —me dice la mina. Me caí de culo.

—¿Sos actriz? —le digo yo.

—Estudié teatro cuatro años, pero no pude seguir.

—Hablamos un rato de los sueños de la adolescencia. Le conté que yo también había pasado por un curso de teatro, en lugar de hacer psicoanálisis. Terminé mi cerveza y tomé un café mientras ella comía el postre. Pudo relajarse un poco. O eso fue lo que me pareció. Su cara perdió la dureza de la angustia. Cuando quise pagarle la cuenta, ella no me lo permitió.

Salimos a Cangallo sin saber hacia dónde íbamos, con la sensación de que la charla seguiría fluyendo. Yo podía retrasar la vuelta al escritorio y le propuse ir hasta el Bajo. Caminamos por las recovas de Alem hasta la plaza Roma y nos sentamos en un banco.

Cuando le pregunté qué le pasaba no quiso contar nada. ¿Qué podés hacer cuando una mujer está destrozada? La receta de los mimos casi nunca cae bien; después de unos besos, ella hubiera dicho: *Hasta aquí llego.*

Opté por entretenerla. La hice sonreír. Tal vez por cortesía, por un instante pareció que se había olvidado de lo que la había puesto triste. A las cuatro la acompañé hasta su oficina. En el camino pensé en que probablemente esta mina estaba en El Ciclista porque había tenido una última reunión con su novio. El tipo seguramente era alguien que trabajaba en la City y que yo podía cruzar por la calle o en el ascensor. Acaso era alguien que yo conocía.

La llamé y empezamos a vernos una o dos veces por semana, cuando llegaron el verano y las vacaciones. Mi mujer se fue a Punta del Este con las chicas y aproveché para quedarme en Buenos Aires. La excusa era terminar unos informes que tenía atrasados. Así pudimos salir de noche. A Lía, porque ella se llamaba Lía, le encantaba cocinar platos exóticos. Eso facilitaba las cosas. Después del postre armaba un *canuto*, que siempre impedía que yo volviese a casa. A la mañana temprano debía ir a cambiarme y desordenar la cama para que la portera que venía a limpiar no notase mi ausencia. Por suerte la mucama nuestra estaba en Uruguay con mi mujer. Lía tenía sus pretendientes pero nunca lograban estimularla para que rompiera conmigo. Es decir, rompíamos sólo por unas pocas semanas. Finalmente conoció a un tipo que se quiso casar con ella y aceptó. Me quedé mal, pero no podía decir nada. Supongo que mi mujer nunca se percató o, si lo hizo, nunca dijo nada. Vos sabés que a mí me gustan las minas, pero mantener una relación paralela es un trabajo muy difícil: no se lo recomiendo a nadie. No sé si podría hacerlo otra vez.

—Supongo... Lo que me sorprende es que esta mina, según contás, nunca exigía nada —dijo Fernando sin entender por qué el cuñado le estaba relatando algo tan íntimo. Por más que se veían muy seguido, no eran de compartir ningún tipo de confidencias. Se conocían hacía muchos años, desde antes de casarse, pero siempre habían tenido un trato que no superaba lo cordial. Tal vez la inesperada aparición de la mujer lo había descolocado.

—Como te dije, Lía es una mina muy especial. Independiente. Estaba conmigo, pero al mismo tiempo si se le cruzaba un tipo que le interesaba, desaparecía. De repente se escapaba algún fin de semana o unos pocos días a lugares como Colonia, José Ignacio o Cabo Frío. A mí no me gustaba, pero me la tenía que bancar. Cuando se casó pasé unos meses tremendos. Y lo peor era cómo ocultar eso en casa… Al final, todo se supera.

—Qué fuerte encontrártela, ¿no?

—Hacía cinco años que no la veía.

—Así que tu mujer nunca se dio cuenta. Ahora que me decís, yo tampoco me percaté de nada, y eso que nos vemos todas las semanas.

—Es que la angustia la podés disimular como si fuese una simple dolencia física. Consulté a un numerólogo de Tucumán y Esmeralda que me recomendó Federico, a una palmista del Once, a un grafólogo de Pompeya y a una tarotista de Núñez. Concerté una cita con una astróloga, pero a último momento desistí. Pensé que era demasiado tímido para empezar un psicoanálisis ortodoxo y demasiado cínico para intentar terapias alternativas. Ahora que lo cuento me causa casi gracia, pero al principio estaba desesperado. Necesito un whisky, urgente.

Cuando entraron al departamento de Nicanor ya habían llegado tres parejas. Uno de los tipos estaba sacudiendo una coctelera.

—Si los esperamos a ustedes, estamos muertos... Menos mal que Carlos es un barman perfecto —dijo Laura, la mujer de Nicanor. Se les acercó, les dio un beso.

—¡Feliz cumpleaños! —le dijeron los dos al unísono cuando apareció Isabel, la mujer de Fernando.

—Pero, ¿no se suponía que era una sorpresa?

—Sí, esta mañana cuando ella fue a la peluquería, me vio llegando con la comida y se dio cuenta, ¿no, hermanita?

—Y ustedes dos, ¿dónde andaban? ¡Ah!, cierto que hoy hacen esgrima... ¿cómo les fue?

—Bien. Bien mal, porque como siempre ganó el Maestro —dijo Nicanor haciendo un gesto de presentación con la mano.

—Bueno, no es para tanto... es sólo para hacer un poco de ejercicio.

—¿Por qué tardaron tanto?

—Nos agarró el tráfico. Circular por esta ciudad cada vez resulta más difícil.

—Es esta invasión de autos que trajo el menemismo. Todo el mundo se compra auto ahora. No hay lugar para tantos. La infraestructura urbana simplemente no da.

—Mudá el escritorio. ¿Qué querés que te diga? Estás demasiado lejos de tu casa, por eso es que siempre llegás tarde a todos lados…

—Imposible. Acabamos de remodelar.

—Siempre fue así. El día que nos casamos, casi llega a la iglesia después que yo. Si no hubiera sido porque alguien me avisó que esperara en el auto, el viejo ya estaba por entrarme… Furibundo, te imaginás, se fumó tres puchos al hilo.

—Supongo que al final llegó, ¿no? —dijo el tipo que estaba haciendo los cócteles.

—Sí. Se les había descompuesto el Jaguar a diez cuadras de la iglesia. Fernando se arremangó y quería hacerlo arrancar a toda costa. Por fin su hermano Pablo lo convenció de que desistiera y se tomaron un taxi. Pero antes habló con el portero del edificio frente al que se había parado el auto y le dejó unos pesos para que se lo cuidara. ¡Ese maldito Jaguar verde! Funcionaba una vez por mes…

—Lo que pasa es que ustedes no entienden…

—Me parece que el día del cumpleaños de tu mujer será mejor hablar de otras cosas…

—Totalmente de acuerdo. Que conste que yo no saqué el tema. *Anyway*, como dicen los franceses, ¿qué nos preparó nuestra cuñadita?

—Por favor, no critiquen, que casi tuve que hacer todo sola. Esther está enferma. Hace una semana que no viene. Pero ahora salgan de la cocina. Vayan a tomarse un trago y dejen que las mujeres vengan a ayudarme...

—Me parece que esas tortillas de papas te salieron muy bien. Tienen una pinta bárbara... Bien altas y secas, me encantan... —dijo Isabel.

—Las hizo la mujer del portero. Hablando de tortillas, ¿te acordás de Iván, el primo de Fernando que había vivido en Barcelona tantos años? Hacía unas tortillas estupendas. Lo vi hace unos días por la calle. Yo esperaba para cruzar en Arenales y Talcahuano cuando lo noto llegar por la otra vereda. Sigue buen mozo. Supongo que eso es lo que una primero piensa, cuando lo ve. Llevaba un impermeable impecable y un paraguas, por más que no llovía. Estaba igual. A esta edad eso es algo, ¿no?

—¿Se saludaron?

—No. No quise —dice Laura—. Cuando él cruzó, me detuve a mirar la vidriera de esa tienda que vende zapatillas y lo observé de reojo mientras él esperaba que cambiara la luz del semáforo. Sólo le faltaba un perro.

—¿Por qué lo decís?

—Me pareció un poco patético.

—¿Sigue soltero?

—Sí, claro. Pero siempre se lo ve con una mujer guapa. Jóvenes, por supuesto. Veinte años menores, como mínimo.

—Dale que a vos te gustaba, ¿o me equivoco? ¿Saliste con él?

—No, en realidad, sólo un par de veces. Hace muchos años.

—Creo que le duele mucho no haber tenido hijos.

No creo que pueda. Que tenga el espacio mental o emocional.

—¿Qué te hace pensar eso? Tal vez no le importa... Muchos hombres se acostumbran a vivir solos y no soportan a una mujer. Imaginate un crío.

—Ya que sacaste el tema, hace un par de años me lo crucé yo también. Me invitó a tomar un café. Recién había vuelto de España. Yo estaba pasando una etapa complicada con Fernando. Como sabés, Iván es muy bueno para escuchar. Me hizo sentir muy cómoda, relajada. Cuando salimos a la calle me ofreció seguir la charla en su casa. Tomamos unos cuantos tragos.

—No me sorprende: no me cuentes más ahora. Mañana seguimos. Vamos a ver cómo funciona tu fiesta de cumpleaños...

Por más empeño que habían puesto en pedirle a los amigos que no llegaran tarde, recién a las diez y media empezó a caer gente. A la una todavía estaban parados alrededor del piano mientras Federico tocaba unos boleros. Era verano. Nadie se preocupaba demasiado por el horario. Como no hacía demasiado calor, el aire acondicionado estaba apagado. A través de las ventanas abiertas que daban al balcón entró una brisa suave que a Fernando le hizo pensar en el Caribe, donde nunca había estado.

Al día siguiente, Isabel partía a Punta del Este por una semana a acompañar a una amiga psicoanalista que se había divorciado. Ellos, como todos los años, en enero iban a veranear al Uruguay. Cuando en febrero Fernando viajara a Sicilia y tal vez antes a Nueva York, ella iba a pasar tres semanas en el campo de sus padres.

Con la excepción del menor al que "mandaban de una oreja" también al campo, los muchachos decidían sólo a último momento si se acoplaban o no a la madre.

Cosme, el mayor, era muy metódico y sin ser un alumno brillante muy pronto iba a recibirse de arquitecto. Ramiro, el segundo, estudiaba matemáticas, una elección atípica para un muchacho de un ambiente en que raramente intentaban algo que no fuese derecho o administración de empresas. Julito, el menor, aún en el secundario, tenía que dar varias materias en marzo y el campo era ideal para obligarlo al estudio. El abuelo había decidido contratar a un primo mayor del muchacho para que lo preparara. Era un alumno mediocre y Fernando se había resignado porque había entendido que su suegro en su debido momento ayudaría a conseguirle un trabajo. Se sentía mezquino, egoísta por haber perdido las esperanzas de participar en la formación de su hijo menor, pero estaba harto de hacer esfuerzos, de proponerle programas "educativos" en los que, como la mayoría de los chicos de su edad, si es que lograba movilizarlos, participaban de mala gana. Su mujer, educada en uno de esos colegios ingleses de la zona norte, a través de lecturas y de viajes a Europa con sus padres, se había formado un barniz cultural que nunca le había podido transferir a sus hijos. Fernando también frecuentaba la misma longitud de onda que su mujer. Mientras estudiaba ingeniería había participado por seis meses en un taller literario y todavía guardaba los suplementos literarios de los domingos, "para leerlos en algún momento en que tuviera tiempo".

Desde el primer momento, Aurelia lo hizo sentir cómodo. Tenía talento para que los hombres se sintieran importantes, simplemente escuchando y mirando con cuidadoso interés. De casualidad, Fernando había leído días antes una entrevista a Carlos Fuentes en su paso por Buenos Aires. Se lo mencionó porque estaban en la Embajada de México y porque fue lo primero que se le ocurrió como tema de conversación con una periodista. Ella, que también había leído la entrevista, se mostró sorprendida de que Fuentes circulara por Buenos Aires sin que nadie le prestara mucha atención. Hacía años que Fernando había leído una de las novelas, pero Aurelia tuvo que ayudarlo:

—¿*La muerte de Artemio Cruz*?

—No.

—*La región más transparente*...

—Sí, creo que sí, fue ésa —dijo sin mayor convicción—, pero no recuerdo nada de ella.

—Es una frase de Humboldt, el viajero romántico alemán —dijo ella—. Gastó toda su fortuna en la publicación de lo que escribió a la vuelta de sus viajes por América.

—No me parecés muy romántica —dijo Fernando.

—¿Qué tiene que ver? Pero sí, quizá sea romántica, una romántica posmoderna… ¿Conoces México?

—Estuve dos veces, pero por trabajo. Me encantaría volver. ¿Supongo que serás caribeña? ¿Cubana tal vez?

—Sí. Cubana de pura cepa. ¿Cómo te diste cuenta, chico?

—Por el acento, ¿no? ¿Cubana de Cuba o cubana de Miami?

—Nací en Cuba pero mis padres me llevaron a Nueva York a los dos años. Estudié periodismo en Columbia y el último año conocí a un muchacho de Maracaibo. Yo quería empezar a trabajar, imagínate, con un título de Columbia podía elegir. Ya tenía tres ofertas. Pero me dejé convencer de que lo mejor era casarnos y nos fuimos a vivir a su pueblo, porque eso es un pueblo. Cuando una mujer está enamorada a los veintidós años, no piensa demasiado y se deja llevar. Te cuento que ésa fue la última vez que no pensé.

—¿Maracaibo queda cerca de la Isla Margarita?

—No realmente, está del otro lado. Junto a Colombia. Es el mero Caribe, chico. Pero a los tres años me divorcié y me fui a trabajar a Caracas, donde conocí a mi actual marido.

—¿Cuánto tiempo llevás en Buenos Aires?

—Poco más de dos años. Creo que estaremos tres, o por lo menos eso es lo que he planeado. Supongo que también va a coincidir con que lo cambien de destino a mi marido. Como tú sabes, las mujeres obedientes siguen rigurosamente a sus maridos o por lo menos eso es lo que ellos esperan…

—¿A qué se dedica tu marido?

—Es diplomático. Economista. Es el consejero económico de la Embajada de Venezuela. Hoy se quedó en casa preparando un informe sobre el mercado de la carne. Además, a él no le divierten estos cócteles.

Fernando también estaba solo. Salieron a tomar un café que a medio camino se convirtió en unas copas. Él también pidió un sándwich porque sólo había comido uno que otro canapé del cóctel. Aurelia le quiso hacer probar un tequila especial "que nada le tiene que envidiar al de la Embajada" en un bar de San Telmo donde sabía que lo servían, más que nada porque ella se los había hecho comprar.

Aquella noche se habían conocido ni bien Fernando llegó y luego se perdieron de vista hasta casi el final de la velada, cuando él se acercó a charlar. Aurelia escribía sobre la realidad político-económica para *El Nacional* de Caracas, pero en los períodos de calma se ocupaba de una variedad de temas, actividad que la introducía en los ambientes más dispares. Fernando, en cambio, andaba sumergido en las complejidades de sus ocupaciones familiares y laborales. La consultoría que había montado diez años antes con dos amigos de la facultad recibía muchísimo trabajo.

El tequila le tira la lengua al más recatado, aunque en verdad Fernando, sin ser demasiado extrovertido, no pudo resistirse cuando Aurelia lo miró fijamente con sus enormes ojos claros y le dijo:

—Cuéntame todo...

—¿Cómo todo? No entiendo...

—Sí. Comienza por donde quieras. Por el colegio, por la universidad. ¿Cuántos años llevas casado?

—A ver, si Cosme tiene veintidós, y nos casamos de apuro... hace veintidós más o menos...

—¿De apuro?

—Bueno, sí, de apuro. Es que ella estaba embarazada. Cuando me recibí de ingeniero en la Universidad de Buenos Aires tuve la opción de casarme enseguida o ir a Boston a hacer un master en el M.I.T. Como no quería recibir ayuda de nadie y la beca no alcanzaba para dos, decidí postergar el casamiento. Me gradué en mayo y en octubre nos casamos. Volví a Buenos Aires con una oferta de trabajo en la mano. ¿Viste cómo son de cholulos los empresarios argentinos? Un título de afuera y conseguís lo que querés.

—Es lo mismo en toda América latina. Casi diría que en todo el mundo es igual. Los títulos gringos abren puertas.

—Sí, sí. El asunto es que trabajé en esa empresa doce años y cuando tuve el coraje y el capital, monté una consultoría con dos amigos. Y ahora nos va bastante bien.

—Una historia con final feliz...

—Bueno, no me gustaría pensar que es el final... tengo ganas de que esto dure muchos años más...

—No, claro... desde ya, me refería a que tienes la vida organizada...

—¿A qué se debe esa sonrisa? La vida organizada ¿es algo bueno o malo para vos?

—Depende...

—¿Cómo que depende?

—Sí. Se trata de *choices,* como dicen los gringos. Es como si en algún momento de la vida uno pudiera elegir. No tengo claro si hay más de una oportunidad. Pero seamos optimistas (yo en general no lo soy, pero este tequila me pone optimista). Supongamos que si aquella oportunidad que tuvimos a los treinta o treinta y cinco la dejamos pasar, entonces, supongamos que diez años después surge otra: la pregunta es: ¿hay recursos, hay capacidad para aprovecharla? O simplemente la dejamos pasar con el argumento de que ya estamos viejos...

—Pero ¿vos sos psicóloga? ¿O es el periodismo que te permite ese nivel de reflexión? A esta altura de la noche la cabeza no me da para tanto.

—Mira, chico. Yo no soy psicóloga ni nada por el estilo. Si te molesta el tema, tal vez lo podamos dejar para otra ocasión. Si prefieres hablamos de la corrupción en la política...

—Perdoname. No quise sonar irónico, es que hace unos meses que estoy pensando en el tema y así de repente...

—...que una persona perfectamente desconocida te lo saque, te sorprende...

—Bueno, sí..., me sorprende y me hace sentir molesto... como ya he pasado los cincuenta, me puse a pensar en la vida de una forma distinta de como lo había hecho antes...

—Te sacaste la polaroid que te dice quién eres, qué hiciste...

—Exactamente. Esa instantánea es un registro de tu vida. Claro que no siempre a todos les afecta de la misma manera. Pero ahora que lo mencionás, realmente tu teoría de los *choices* no me convence demasiado. Estoy seguro de que tus tales *choices* no existen. Uno no puede elegir, tomo este camino o este otro. Simplemente la vida te sacude con un itinerario y uno se lo tiene que administrar como puede.

—¿Estás tan seguro de que no hay elección?

—Papá murió en mi primer año de ingeniería. Fue un golpe tremendo. Ya sé, siempre lo es. Pero en este caso, además del dolor nos dejó un tendal de deudas, de hipotecas sin pagar. Mamama no sabía firmar un cheque y todos mis hermanos estaban en el colegio todavía. Imaginate, viuda a los cuarenta y dos años con cinco hijos. Sin un solo peso. Esta situación me unió profundamente a ella. Como era el hijo mayor, empezó a apoyarse en mí y eso creó un vínculo muy distinto del que tienen mis hermanos con ella. Después, cuando tuvo cáncer, estuve todo el tiempo a su lado. Todavía hoy, soy su único confidente, si es que se puede llamar confidencias a las charlas que tengo con ella.

—Creerás que una de las peores variantes es haber tenido un comienzo fácil, ¿no? Habías imaginado un futuro totalmente diferente y ¡zas!, a trabajar como cualquier hijo de vecino... pero te fue bien y no estás resentido por todos los sacrificios que has hecho...

—No. No es así. No me importa eso. Bueno, no es que no me importe sino que ahora no pienso en el pasado, en las circunstancias que me convirtieron en el hombre que llegué a ser. Hoy me interesa el presente, exclusivamente el aquí y ahora. ¿Y vos? ¿Qué pasa en tu vida?

—Estoy casada hace quince años con un hombre al que quiero mucho. Al principio del matrimonio no quise hijos, pero ahora tenemos dos niñas adorables. Me encanta mi profesión porque me permite viajar y conocer gente interesante... como tú.

—Viajando uno conoce gente, me suena, ¿no es un título de algo? Yo, en cambio, no sé... mi mujer está siempre muy ocupada y mis hijos se divierten sin el padre... El mayor tiene novia, bueno, ya ha tenido varias, pero el hecho es que nunca se me ha acercado a pedir un consejo. Además usan la casa de hotel: entran, comen y salen... Ojalá hubiese tenido mujeres.

—Sí, es verdad, las mujeres son más compañeras del padre. Mis hijas se llevan muy bien con mi marido. Algo que para mí es estupendo, porque hay un balance, ¿no? La responsabilidad de atender al "macho" está compartida.

—Esas generalizaciones muchas veces son absurdas, pero yo las siento muy profundamente porque me hablan de algo que no tengo y me gustaría tener. Fíjate que yo he sido el más compañero de mi madre, mientras que mis dos hermanas se tratan poco con ella.

Aquella primera noche charlaron hasta la una de la mañana y cuando se despidieron en la puerta del edificio de Aurelia, Fernando tuvo que contener el impulso de besarla. Intercambiaron tarjetas. A la semana siguiente Fernando viajó a Río Gallegos. Unas horas antes de volver a Buenos Aires se tiró un lance y la llamó a la oficina.

—Ya se fue —le dijeron y él no dejó mensaje.

Dos veces pensó en llamarla. En ambas ocasiones encontró una buena razón para no hacerlo. Hasta que dos semanas después, un viernes a última hora de la tarde, Aurelia llamó. Estaba muy cansado y ni siquiera tenía energía para ir al cine, para ver algunos de los clásicos que en sus años de universitario tanto lo habían apasionado y que en momentos como ése sentía la necesidad de que lo abstrajeran completamente de su realidad. Se enfrentaba a un sábado y un domingo solitarios: su mujer se había ido al campo con Julito, el hijo menor. Los otros dos ya no dejaban rastros.

—¡Hola, Fernando! ¿Qué hubo, chico?

—¿Quién es?

—¿Cómo quién es? ¿Tan pronto te olvidas de las conversaciones intensas generadas por el tequila?

—Perdón, Aurelia. Estoy filtrado. Tuve unos días durísimos, con mucho trabajo, y estaba intentando relajarme un poco. Y vos ¿qué contás? ¿Cómo te trata Buenos Aires?

—Bien, muy bien. Estoy aquí en casa de Pepón, un amigo arquitecto que vive en San Telmo. Y tú ¿qué piensas hacer esta noche?

—Ir al cine y después comer algo. Mi familia me ha abandonado. Se han ido al campo por el fin de semana.

—¿Irte al cine? ¡Qué aburrido! Imagínate un viernes, las multitudes, ¡qué horror! ¿Por qué no te vienes a tomar un whisky con nosotros?

—Bueno... sí... está bien... Me parece estupendo. Allá voy. Dame la dirección.

La energía le volvió súbitamente al cuerpo. Aunque unos amigos le habían propuesto hacer programa, Fernando había planeado no ver a nadie por el cansancio y una sensación vaga de mal humor y de disconformidad que lo había invadido a media tarde. No quiso volver a casa. Se puso de pie, estiró los brazos hacia arriba y respiró hondo. Encaró hacia el baño que mantenían impecable para ocasiones en que los socios lo necesitaran. En el espejo se miró el ojo debajo del párpado. Luego se dio una ducha rápida y se afeitó al ras. Aunque no tenía ropa para cambiarse, el agua sobre el cuerpo hastiado de la tensión del trabajo le agradó.

—Es curioso cómo le fascina San Telmo a los extranjeros... —pensaba Fernando mientras se dirigía a la dirección que le había dado Aurelia—. Supongo que será por ese aire de viejo que tiene. Un barrio que pudo haber sido, pero como todo en esta ciudad, o lo arruinan o lo ignoran.

Después de que le abrieran con el portero eléctrico, trató de respirar bien y no acelerar el paso para no llegar sin aire. Subió por la escalera al segundo piso. Golpeó la puerta. Pasaron unos minutos. Vio el timbre y lo presionó. Apareció un tipo robusto con la cabeza afeitada y una camisa de grandes flores casi abierta hasta la cintura.

—Hola, soy Pepón…

—Hola. Fernando… —le dio la mano.

El hall de entrada era pequeño, pero detrás de un biombo chino apareció el salón, un espacio imponente, probablemente dos o tres cuartos unidos, con plantas enormes y un piano de cola entre la multitud de cosas que atiborraban la vista.

—Qué milagro, ¿no, Pepón?, ¡vino el hombre! —se rió Aurelia.

—Hola, ¿qué tal? —Fernando se acercó a darle un beso a Aurelia.

—¿Qué te ofrezco? —dijo Pepón.

—¿Qué están tomando ustedes?

—Mira, chico, empezamos con whisky pero después Pepón se empeñó en hacerme probar una caipirinha y en eso estamos.

—Bueno, acepto una caipirinha —dijo Fernando—. ¿Qué es esta música?

—Bola de Nieve, chico… ¿no lo conoces?

—No. ¿Quién es? Es buenísimo.

—Un negro cubano, gordo y marica. Divino. Empezó siendo el pianista de Rita Montaner, que fue quien le puso Bola de Nieve. Una noche en México cuando ella no pudo salir por un catarro, le dijeron que cantara. *And the rest is history…* en los años 50 estuvo en Buenos Aires. Evita estaba fascinada. Supongo que tarde o temprano uno descubre que todo el mundo en algún momento pasó por Buenos Aires.

Fernando se sentó en un *pouf* de cuero, pero como le molestaba estar tan bajo, al rato se cambió a una butaca cubierta por un tejido búlgaro. Desabrochó el botón del cuello y se aflojó la corbata. Un ventilador gigante de techo movía el aire sin hacer ruido. Intercambiaron cortesías hasta que sonó el teléfono y, aferrado al inalámbrico, Pepón se ausentó por unos cuantos minutos. Mientras escuchaban el piano del cantante cubano, Aurelia le relataba los pormenores de la vida amorosa del dueño de casa. Cuando Fernando terminó su copa, ella le ofreció otra. Después de la segunda y del relajo que le hizo sentir, Fernando recordó que no había almorzado.

Pepón apareció con cara de loco, todo acalorado.

—Aurelia, mi amor, yo tengo que irme enseguida, así que no se hagan problemas... Cuando se van, simplemente cierren la puerta.

—Pero, chico, ¿qué ha pasado?

—Nada, en fin, lo de siempre... no te preocupes, mi amor, después te cuento.

Pepón manoteó las llaves de su casa y del auto y salió volando.

—¿Qué le habrá pasado al pobre tipo?

—Nada, chico, asuntos de celos. Bueno, cuéntame, ¿qué te apetece hacer?

—Yo la verdad es que no almorcé hoy, así que no vendría mal...

—Mira, aquí a dos cuadras hay un lugarcito francés exquisito... ¿quieres probar? A mí me encanta, son amigos de Pepón...

—Bueno. Sí. Vamos. ¿Podré dejar el auto en la calle?

—Claro, chico. ¿Cuál es tu miedo?

—Qué sé yo. Dicen que aquí en San Telmo hay muchos robos...

—Como quieras. En la esquina hay un aparcamiento. Ponlo allí, si te hace sentir mejor.

—Mirá, prefiero que vayamos a comer. Me muero de hambre.

—Vamos, pues.

Aurelia apagó las luces del salón, dejando encendido sólo un *abat-jour*. La puerta de entrada era de dos batientes: hubo un instante cuando Fernando abrió una hoja y permaneció en el umbral mientras que ella, para encender la luz del hall, avanzó y se topó con él. Fernando la tomó de la cintura y le sonrió...

—¿Puedes encender la luz del hall? —dijo Aurelia escurriéndose del abrazo.

Salieron a la noche tibia, los tacos de Aurelia resonaban en las baldosas de la vereda. Caminaron en silencio hasta la esquina, donde los recibió una brisa que subía del río.

—Aquí es —dijo Aurelia.

El restaurant estilo bistró francés, manteles blancos, estaba casi vacío. Fernando eligió una mesa al fondo a la izquierda. Dejó que ella se sentara y se acomodó mirando hacia atrás. En cuanto tomaron las servilletas, un mozo les encendió la vela.

—Se come bien. He venido un par de veces con Pepón y sus amigos del barrio. Como ves, tienen un menú pequeño, pero simpático —dijo Aurelia.

—¿Qué me recomendás?

—¿Qué quieres? ¿Carne o pescado?

—Me da igual. Me gusta todo.

—¿Quieres que ordene yo?

—Bueno. Para mí, algo simple.

—Para empezar vamos a compartir un paté de conejo. Después yo quiero probar el pollo con *échalotes*, tomillo y limón. Dime, Fernando, ¿qué te parece el cordero con salsa de menta?

—¿Es pesado?

—El cordero no es liviano, pero delicioso... —dijo el mozo.

—¿Tienen algún pescado a la plancha?

—¡Ay, chico! ¡Qué aburrido! ¡Eso lo puedes comer en cualquier sitio! ¡Venga, anímate!

—Bueno. El carré de cerdo con ciruelas... ¿qué tal?

—Excelente... le va a encantar... —dijo el mozo.

—Contame, ¿cómo te ha ido estas últimas semanas?

Además de las numerosas actividades que Aurelia desarrollaba relacionadas con su trabajo, conocía y se hacía amiga de cantidad de personas. La misma intensidad que Fernando percibía cuando ella lo escuchaba, esa misma intensidad la dedicaba a cualquier persona que capturaba su atención. Su simpatía desbordaba los límites que la gente se impone rigurosamente en los encuentros casuales y su compenetración con los asuntos ajenos en muchos casos le causaba profundas angustias porque se sentía malinterpretada, confundida y a menudo caía en situaciones francamente desagradables.

—Es que, chico, no te imaginas la frustración que siento. He estado hablando horas con este hombre, escuchando sus historias, y el tipo de repente se cree que yo lo hice porque quiero acostarme con él. No sé de qué les sirve tanto psicoanálisis a ustedes los argentinos, si no se dan cuenta de lo que una mujer quiere.

—Pero Aurelia, tenés que entender que son códigos distintos... no sé, también tu personalidad hace que los hombres se interesen inmediatamente en vos... quizá sos demasiado cariñosa.

—Sí, es verdad, debería ser más cuidadosa.

—Y tu marido ¿qué dice?

—La mayoría de las veces ni se entera. Es un tipo super *cool*, parece británico más que caribeño.

—Mozo, me trae otra botella de vino, por favor...

—¿Sabes qué pasa, chico? El matrimonio es algo que funciona bien pero, para una mujer como yo, tiene demasiadas limitaciones... muchas veces me siento restringida, no sé cómo explicarlo...

—¡Ah! Entonces vos también estás en crisis... en nuestro primer encuentro parecía que yo era el único...

—No, pero no. Dime, ¿está bueno el cerdo? Mi pollo está delicioso, ¿quieres probar?

—No, gracias. ¿Por qué te separaste de tu primer marido?

—Mira, todo iba bien mientras estábamos en Nueva York. Cuando llegamos a su pueblo, porque Maracaibo es un pueblo, y de los jodidos, descubrí que mi suegra tenía una influencia tremenda sobre mi marido. La situación era insoportable. No querían que yo trabajara. Imagínate, todo el día en casa encerrada: tenía dos empleadas que hacían todo, cocinaban, planchaban, limpiaban. No es que estuviera molesta por eso, sino que imagínate, haber dejado Nueva York y un posible trabajo en la revista *Time*. Por suerte me había traído una computadora y podía escribir. Empecé a mandar crónicas de mi vida allí, pude publicar una vez al mes en el *Miami Herald*. Habrá sido que el mal humor me dio un impulso simpático para escribir crónicas de costumbres. Cuando se enteró la familia de mi marido, se armó un escándalo. Claro, yo contaba las miserias y debilidades, las hipocresías y las falsedades de los notables de Maracaibo y a nadie le causó gracia. Mi suegra enloqueció, quería secuestrarme la computadora. El idiota de mi marido no sabía qué hacer. Dos semanas después me monté a un avión para Caracas. Me mudé a la casa de un hermano de mi madre que se había instalado allí en los años 50. ¿Vamos a comer postre?

—Yo compartiría algo. Necesito algo dulce, pero una nada.

—Bueno, ¿*profiteroles*?

—Genial...

—¿Un tequila?

—Me parece bien. Supongo que no tenés la mínima idea de cocinar...

—¿Qué tú crees?

—Creo que te encanta comer bien, pero tal vez a lo sumo puedas hacer huevos fritos... Sos demasiado inquieta. La gente a la que le gusta la cocina tiene un ritmo más lento que el tuyo...

—¿Y tú? ¿A ti te gusta?

—Un poco. Antes de casarme cocinaba bastante, pero después mi mujer resultó ser una excelente cocinera... ahora tampoco tendría el tiempo. Trabajo muchísimo y cuando llego a casa estoy muy cansado. Los sábados, a veces, cuando tenemos invitados, me entusiasmo, voy al mercado de Juramento y preparo algún plato.

—Espero que pronto pueda probar algo hecho por ti...

—¿Café?

—Sí.

—¿Nos trae dos cafés y la cuenta, por favor?

—¿Y ahora qué? ¿Te has animado un poco o te vas a dormir?

—No, no, para nada. ¿Qué proponés? —dijo Fernando.

—¿Vamos a bailar? Hay un sitio fantástico, el Salón Argentina en la calle Rodríguez Peña... cerca de Corrientes.

—No lo conozco... pero, sí, vamos...

Habían estado tres horas en el restaurant y cuando entraron a la sala de baile era pasada la medianoche. El lugar existía desde principios de siglo pero seguramente había tenido momentos más elegantes. En los 90 era desprolijo y barato, mucha gente modesta que buscaba encuentros y música. Siempre actuaban dos orquestas, una de tango y una tropical, que tocaba cumbias, salsa y cuartetazo. Un mozo encorvado, veterano, les asignó una mesa cerca de la pista. Para evitar elecciones temerarias, Fernando sugirió tomar cerveza. No era el único hombre de saco y corbata. Había muchos que se habían trajeado especialmente para la ocasión, la mayoría con esos cortes de los años 60, dos botones y solapa finita. Aurelia estaba fascinada.

—Este sitio es tan auténtico... Hay un cuento de Cortázar, *Las puertas del cielo,* que habla de un bailable como éste.

—No lo conozco. De Cortázar sólo leí *Rayuela,* y en su momento no creo que me haya gustado.

—Deberías leer los cuentos. A las personas del baile los llama monstruos... dicen que después se arrepintió. Si algún día viajas al Caribe, vas a entender por qué me atrae este sitio. Allá son lo más común. Aquí, tal vez porque están en el centro, parecen fuera de lugar...

Aurelia siguió hablando de los cuentos de escritores argentinos que había leído y cómo estaba encantada de vivir en Buenos Aires. Fernando sorbía la cerveza y estaba concentrado en sus ojos y en sus gestos. Cuando entraron tocaban tangos y Fernando, como la mayoría de los argentinos de su edad y de su clase, no sabía bailar tango. Estaba disfrutando plácidamente, escuchaba a Aurelia y miraba a la gente circular por el salón, pero cuando hubo cambio de músicos y engancharon con una salsa, Aurelia se puso de pie y lo tomó de la mano.

—Vamos, chico, que ahora nos toca...

Al final de la tercera pieza estuvo a punto de sentarse, ya no resistía el balanceo; pero la modificación del ritmo musical lo hizo cambiar de opinión. La pista lentamente fue invadida por los románticos porque empezaron a sonar boleros. Fernando la abrazó fuerte y bailaron en silencio. Aurelia cerró los ojos y se concentró en los brazos que la aferraban. Unos minutos después ella susurró: "Fernando" y cuando él la miró, ella le dio un beso, lento y suave, como son los primeros besos, con ese sentido casi exploratorio de "si me va a gustar el sabor de tu boca"... Bailaron o, simplemente, se hamacaron dos piezas más y volvieron a sentarse y retomaron la charla que Aurelia necesitaba para darle una dimensión cotidiana al beso.

A las tres de la mañana cerró el Salón Argentina. Habían bailado, habían charlado y se habían besado repetidas veces. Cuando salieron a la calle con la marea de hombres y mujeres Aurelia le tomó la mano y se la apretó. Se subieron al auto de Fernando y estuvieron un rato en silencio hasta que él dijo:

—¿Adónde vamos?

—Llévame a casa, por favor...

Fernando puso el motor en marcha, dio la vuelta a la manzana y se dirigió por la avenida Callao para luego tomar Libertador. Iba lento. Quería prolongar el trayecto lo más posible. Luego embocó Pueyrredón y se detuvo en Levene.

—¿Quieres subir a tomar un whisky?

—¿Te parece?

—Sí, todos están en Venezuela, visitando a mi suegra. Como sabes, a mí las suegras no me caen bien... no, pero en serio, con ésta me llevo bien... solamente quería tener una semana libre. Estoy tratando de armar un libro con una serie de artículos y cuando está toda la familia nunca tengo tiempo. Lo hacemos un par de veces al año, esta vez me tocaba a mí.

—¿Estás segura de que querés que suba?

—Sí, pero tú, ¿qué tú piensas?

—Claro, quiero estar con vos un rato más...

Era en el último piso. Fernando salió a tomar aire mientras ella servía dos vasos con hielo y ron. Una terraza enorme se abría a una vista de la plaza que luego del verde seguía a través de las vías y de los galpones del puerto hasta el río.

—En una ciudad sensata o tal vez inteligente, este edificio debería estar sobre el río. En una avenida junto al río para que la gente paseara y pudiera tomar el fresco. En cambio, está lejos, casi no se lo ve.

—Sí, es verdad, es una lástima. ¿Tú has visto fotos de La Habana? El Malecón recorre todas las zonas pobres, ricas, comerciales, residenciales. ¡Qué ciudad más bella! Creo que tengo un libro de fotos...

—Olvidate de las fotos... —y la acercó hacia sí y la abrazó fuerte. Luego la miró y le tomó la cara con las dos manos, la besó, suave. Permanecieron con los labios enlazados largamente. Salían de ese sueño cada tanto a tomar aire y volvían a sumergirse en ese sabor de familiaridad que a ambos había sorprendido de repente. Fernando levantó la vista y, tomándola de la mano, la llevó hasta el sofá de la sala. Allí otra vez buscó su boca, le acariciaba la cara, le abrió la camisa... le besaba un pezón, le besaba el otro...

—Mi amor...

Él recostó la cabeza sobre su falda y sonrió. Aurelia le pasaba la mano por la frente, lo peinaba con los dedos. También ella le abrió la camisa y su mano se hundió en el torso de Fernando. De repente, ante esa caricia una angustia terrible le oprimió el pecho. Cerró los ojos para despegarse esa sensación, pero eso lo sumió aun más en el dolor. Ya no pudo reprimir el llanto, que surgió como un simple lagrimeo, luego pasó a ser un sollozo contenido y cuando ella lo abrazó, se desató con una fuerza irrefrenable. Se habían arrodillado en el sofá y él se abandonó en los brazos de Aurelia.

—¿Qué te pasa, mi amor?

—No sé... de repente sentí una tristeza enorme, un vacío tremendo que de ninguna forma podía... —Aurelia lo abrazó otra vez y él siguió—: No sé por qué, pero esta noche con vos he tenido sensaciones que quizá, probablemente, nunca tuve, o si las tuve, fue hace tantos años que no las puedo recordar... ni las podría describir...

—Mi amor, contigo me pasa algo similar... desde la primera vez que hablamos en aquel cóctel ridículo, me transmitiste una ternura inmensa, algo que nunca había conocido en un hombre...

—¿Qué vamos a hacer?

—Nada, chico. Seremos buenos amigos... A esta altura, no tenemos muchas posibilidades...

—Tal vez tengas razón...

La mano en la mano, Aurelia preguntaba sin parar. Quería saber todo. Sentía unas ganas inmensas de escuchar lo que él pudiese contar de su pasado. Hablaron de la belleza de su encuentro, confesaron cómo había sido mutua la atracción desde el primer momento... Volvieron sus pasos sobre detalles que ambos habían registrado. Para Aurelia el hecho de que tuvieran hijos era premonitorio: habían superado esa etapa, y ese tema no se plantearía entre ellos.

Más allá de los galpones del puerto comenzó a asomar el sol sin que se dieran cuenta. Más tarde, Aurelia preparó un café con leche cubano y unos *waffles* estupendos. Desayunaron en la terraza.

Cuando Fernando volvió a su casa, entró al edificio logrando que el portero no lo viera. En el contestador había varios mensajes. Uno de su madre para invitarlo a almorzar con una de sus nietas tucumanas, y dos de su mujer:

—No te olvides de devolver los videos que sacaron los chicos, creo que están en el cuarto de Ramiro, si es que los podés encontrar.

—¡Hola! Soy yo otra vez. Si estás muy aburrido, venite... el domingo Papá piensa asar un cordero, después te llamo para decirte con quién podés venir... por si no querés viajar solo.

Eran las nueve de la mañana cuando se tiró a dormir. Despertó a la una y media con hambre y la boca seca y pastosa. Antes que nada se exprimió un par de naranjas y con el vaso en una mano y *La Nación* en la otra, volvió a la cama. Hojeó el diario, sin que nada lograra capturar su atención. Pasó a la página de los cines. Tampoco encontró nada interesante: le hubiera gustado ver una comedia, pero una comedia muy buena, y ninguna parecía prometer nada. Encendió la televisión y buscó alguna película en cable. Cambió de canal repetidas veces hasta que se detuvo en un partido de tenis. No logró entretenerse. Apagó.

Pensó que tal vez podía leer alguna revista. Fue a los cuartos de sus hijos a buscar algo. Cosme, el mayor, era un tipo ordenado; tenía todos los libros alineados y era fácil echar un vistazo a sus cosas. Abrió el ropero y se puso a revisar la vestimenta como si se tratase de un extraño: le asombró cómo no reconocía la ropa de su hijo —no era porque tuviera mucha— cuando de repente se detuvo en un *tweed* inglés. Era uno de esos géneros que nunca terminan de gastarse. Miró en el interior y notó que le habían cambiado el forro. Roseti, sastre: un sastre de la avenida Independencia había cosido su etiqueta. ¿Cosme lo habrá llevado, o mi suegro le habrá recomendado el sastre?, pensó. Aquél era un saco que Fernando había heredado de su padre, pero que por una razón u otra nunca usó. No recordaba si era que las mangas le quedaban cortas, o qué. Lo tomó, se lo puso y se miró en el espejo. Estaba desnudo. Los huevos le colgaban, a su edad era normal que le colgaran, pero el hecho era que le colgaban, su mujer le había dicho repetidas veces: ¿Por qué no usás slip en vez de esos calzoncillos tipo pantaloncito? Tal vez por eso se te caen.

Tenía el pelo revuelto, una mirada de haber dormido poco, la barba de un día y un saco que no le cerraba en la cintura, cargado de historia familiar. Probablemente a su hijo le resultaba atractivo por la pátina, el cuello y los codos apenas gastados, pero a Fernando le trajo una marea de recuerdos de su padre y tuvo que sentarse en la cama de su hijo para poder tomar aire.

Los botones parecían ser los mismos: desabrochados en las mangas, le arrancaron una sonrisa. Se ve que el dandismo se saltó una generación. Este chico sí que le hubiera gustado a Papá, pensó. Siguió su inspección, sin quitarse el saco. En el cajón superior, el muchacho tenía ballenitas, un par de ligueros de hombre (¿en qué momento usará medias sin elástico?), un calzador del hotel Waldorf-Astoria de Nueva York (¿de dónde lo sacó?), tres pares de gemelos, todo rigurosamente alineado, ¿cuándo usará los gemelos?, si ni siquiera yo tengo camisas con puños dobles, pensó. En el interior de la puerta del ropero colgaban de un cable blanco las corbatas, más de una docena, dos parecían nuevas, reconoció alguna suya, el resto probablemente de su suegro, pero ¿habrá alguna de Papá?, pensó.

El cuarto de Ramiro era un caos. Papeles, libros y ropa tirada impedían la libre circulación. La guitarra eléctrica seguía enchufada al amplificador encendido. Fernando lo apagó. Después de un día, quizá más, estaba todavía caliente. Cursaba matemáticas y le iba bastante bien, pero Fernando nunca lo veía estudiar. Abrió el ropero y había un solo saco, el azul del colegio con un bolsillo descosido, que después de tres años de haber acabado el secundario seguía allí, y una campera de cuero marrón, estilo aviador, con los puños tejidos un poco gastados. En los cajones, las camisas —pocas— y las remeras estaban amontonadas sin ningún orden. Entre las revistas de surf y las de guitarra, encontró un par de *Playboy*. Corrió las hojas hasta que llegó a la chica del mes. Desplegó la página central y se detuvo un rato pensando en que le hubiera gustado haber dormido con Aurelia y al despertar sentir con sus labios esa piel suave como un durazno: le produjo un leve estremecimiento.

Pasó al baño. Se llenó la cara de espuma y se afeitó sin apuro mientras llenaba la bañadera con agua muy caliente. De a poco, se introdujo, primero un pie, después el otro; resistía el dolor hasta que la piel se iba acostumbrando. Permaneció más de media hora, parte de la cual durmió arrastrado por un sopor que lo hacía entrar y salir de un sueño. Estaba en el cuarto de lo que parecía ser una posada en un lugar sobre la costa. Afuera arreciaban un sol incandescente y un cielo del color del mar. Una leve penumbra, las paredes blancas, las sábanas blancas, la cama de madera rústica y los batientes que golpeaban en el viento. Él dormía desnudo boca abajo con una mano que tocaba el piso de baldosas frescas. Aurelia estaba acostada a su lado apoyada en un codo y su mano recorría el cuerpo de Fernando. Cada vez que retomaba el sueño las posiciones se invertían: Aurelia dormía y él le acariciaba el brazo y le daba besos alrededor del cuello.

Una semana después almorzaron en El Globo, restaurant de otra época, un sitio que ninguno de sus conocidos frecuentaba y menos al mediodía. Fernando dijo que la había extrañado y Aurelia dijo que había pensado en él cada hora de cada día.

—¿En serio? —dijo él.

—No, pero suena bien, ¿no? Quería escribirte, pero no sabía adónde mandar la carta.

—Hubieras escrito a mi oficina.

—Sí, lo pensé. Es más, llamé y pedí la dirección. Después escribí una carta de alto voltaje erótico, pero cuando estaba a punto de meterla en el correo, la abrí y la volví a leer. *Ipso facto* la rompí.

—¿Por qué? Me hubiera encantado recibir una carta tuya; hace años que no recibo una carta de una mujer, y erótica, probablemente nunca...

—Así que se trata de una cuestión de estadística...

—No. Perdón, no lo quise decir así, pero vos entendés lo que quiero decir. ¡Qué lástima que la destruiste!

Empezaron a verse regularmente una vez por semana. Almorzaban un sándwich y hacían el amor en un hotel de la zona sur. Se hablaban por teléfono cada dos o tres días. Por más que Aurelia estuviera acostumbrada a un amor apasionado, casi violento, la ternura que le provocaban los suaves empujones de Fernando la tenía totalmente trastornada.

Una mañana Aurelia lo llamó a la oficina a las ocho y media. Fernando estaba solo, ordenando papeles para empezar el día. El personal y sus socios llegaban a las nueve. Le gustaba disfrutar de esa quietud por una hora antes del inicio de actividades.

—Hola, mi amor. ¿Has visto qué día más lindo? ¿Quieres venir conmigo al Tigre?

—¿Al Tigre?

—Sí. Necesito hacer algunas fotos del Delta para un artículo. Ayer me llamaron del periódico; las que compraron por agencia no les gustaron, me pidieron que yo sacara algunas. ¿Te vienes?

—Pero es un día de semana… No puedo desaparecer de la oficina, así como si nada.

—Claro que puedes. Tú eres el jefe, ¿no? Vamos. Después de almuerzo volvemos. La pasaremos muy bien. Vente, mi amor.

—No sé. Además dudo que volvamos a esa hora. Tengo un par de citas. Le voy a dejar una nota a mi secretaria para que las cancele.

—¡Qué bueno! ¡Me encanta que vengas! ¿Nos encontramos en Retiro a las nueve?

—¿Querés ir en tren? No, mejor no. Prefiero que vayamos en auto. ¿Dónde estás?

—En Pueyrredón y Las Heras. En el café de la esquina.

—Bueno. Arreglo mis cosas y salgo para allá. Estate atenta, que no se puede estacionar.

A decisión tomada, se abocó a hacer un paseo tranquilo. La escapada de la oficina, que por lo inusual en cualquier otro momento lo hubiese inquietado, en cambio lo serenó y lentamente se dejó cautivar por la belleza del día. En vez de encarar la autopista, Fernando optó por la avenida del Libertador, lo que siempre había sido El Bajo, el camino de su infancia y de su adolescencia. Todavía estaba su padre al volante a la vuelta de un asado o de un cumpleaños y a Fernando siempre le daba náuseas leer en el auto. Cuando pasaron por Olivos, se desvió para mostrarle el colegio donde transcurrió doce años de su vida. Luego los barrios que había frecuentado en su adolescencia y algunas grandes casas de San Isidro, Beccar y San Fernando. En el puerto de Tigre, dejó el auto frente al mercado de frutos y contrató una lancha para que los llevara a dar una vuelta. Era primavera y todavía el Delta no se había llenado de mosquitos. Se sentaron en el banco de popa. Fernando se quitó la corbata, le pasó el brazo sobre el hombro y la atrajo hacia sí. A los cinco minutos dejaron el río Luján y la lancha se metió por el Sarmiento para luego, deslizándose entre los sauces por varios riachos, terminar en el Capitán. Pasaron dos horas disfrutando.

—¿No vas a sacar fotos?

—Me había olvidado completamente. Es que es tan rico estar así —Aurelia lo miró y le dio un beso—. Cuando quieras, podemos parar a tomar algo…

—Son casi las doce y media. Ahora le pregunto al tipo.

Fernando se acercó al lanchero:

—Señor, dígame, ¿hay algún restaurant agradable donde podamos almorzar?

—Sí, cómo no. Cuando quieran los llevo a un sitio que les va a gustar.

Aurelia sacó la cámara y le pidió al lanchero que aminorara la marcha. Comenzó a fotografiar las casas que se percibían entre los árboles, los muelles destruidos y los que estaban recién pintados. Luego le indicó que se metiera por un canal más angosto donde la lancha avanzaba a paso de hombre. Tiró un par de rollos. Cuando Fernando miró el reloj eran las dos de la tarde.

—¿No tenés hambre?

—Sí, sí. Vamos. Creo que ya tengo lo que necesitaba. Yo también me muero de hambre. —Aurelia guardó la cámara—. Señor, por favor, llévenos al restaurant ese que nos dijo...

Era un hotel de madera despintado de dos pisos con una galería ancha al frente donde había media docena de mesas. Por la ausencia de gente y por el silencio, parecía cerrado, pero el lanchero les aseguró que atendían durante la semana. Le pidieron que los volviera a buscar a las cinco. Fernando entró a hablar con el encargado, mientras Aurelia se puso a inspeccionar el jardín. En el salón comedor en penumbra había un par de mesas ocupadas por gente mayor que comía en silencio. Una mujer de cincuenta años con delantal blanco avanzó secándose las manos con una toalla.

—¡Buenas! ¿Qué se les ofrece?

—Buenas tardes, señora. ¿Se puede almorzar algo?

—Cómo no. ¿Cuántos son?

—Dos.

—¿Dónde quieren sentarse?

—¿Se puede afuera?

—Háganlo adonde más les guste. Ahora mismo les traigo el menú.

—Dígame, señora, ¿se puede tomar una habitación para luego descansar un rato?

—Sí. Por supuesto. Ya se la mando preparar.

Cuando salió, Aurelia ya estaba instalada en una mesa al sol.

—¿Tomamos cerveza?

—Sí, claro. ¡Qué sitio más rico! Y tú que dudaste...

La mujer llegó con el menú. No había mucho para elegir. Pidieron un poco de carne al horno con ensalada, porque les pareció que iba a salir rápido.

—Ahora lo que falta es una cama.

—Ya lo tengo arreglado. —Fernando le tomó una mano y se la besó.

Subieron por la escalera al primer piso y él miró la medalla que colgaba de la llave y buscó la habitación siete. La puerta estaba abierta, en el centro había una cama enorme con un colchón medio hundido. Fernando trató de cerrar las persianas pero las innumerables manos de pintura habían hinchado la madera, que dejaba pasar varios hilos de luz. Aurelia recorrió el cuarto y se sentó en un sillón de mimbre. Fernando, que había dudado si debía alejarse del centro algunas horas, estaba totalmente entregado. De pie frente a ella, la tomó de las manos y la atrajo hacia sí. Se metieron debajo de las sábanas gastadas, un poco húmedas.

Un golpe en la puerta los despertó.

—Vino la lancha. Si quieren tomar un café, se los preparo enseguida.

—Gracias, señora. Enseguida bajamos.

—Te juro que me quedaría unas horas más… —Aurelia se había quedado dormida dándole la espalda y le encantaba sentirlo apoyado—. ¿Qué hora es?

—Son las cinco y cuarto. ¡Vamos a llegar tardísimo! Vamos. Vestite.

—Un beso más.

Las intermitencias del corazón corrían paralelas. Ocuparon lentamente un lugar que en el caso de Fernando nunca habían tenido. La experiencia de Aurelia era distinta. En otras oportunidades ella había vivido uno que otro *affaire* que incluía algún sobresalto y nudo en la garganta, siempre corto, fugaz. De modo que al cumplirse un año comenzó a alarmarse: de a poco se estaba acostumbrando a la idea de Fernando en su vida. Su presencia no interfería con ninguna de sus actividades. Su ausencia no era exigente. No tenían desencuentros ni complicaciones y la idea de estar juntos le provocaba una alegría silenciosa pero intensa.

Con el verano llegaron las vacaciones y la posibilidad de verse más seguido hasta que Aurelia canceló una cita. Dijo que la semana siguiente le explicaría. Tomaron un café en un bar anodino en la esquina de Moreno y Salta.

—Sabes qué pasa, chico. No puedo vivir así. Pienso mucho en ti y no me concentro en mi trabajo como debería. El otro día le mandé un fax a mi suegro que debía enviar al periódico. La gente me habla y no presto atención.

—Yo también. Tal vez necesitemos pasar más tiempo juntos…

—¡Si nos vemos muchísimo!

—Pero para mí no es suficiente... ¿Por qué no nos vamos un fin de semana a algún lado?

—¿Queeeé? ¿Qué dices? ¿Estás loco? Esto es un asunto serio. Tengo terror de que mi marido se dé cuenta. No quiero que esto provoque un drama. Yo no quiero que se nos vaya de las manos... Tú tienes que comprender...

Fernando intentó serenarla, pero no tenía ninguna solución. Tal vez no la había. No sabía qué proponerle porque él mismo se sentía en tierra de nadie. Nunca antes le había sido infiel a su mujer y si bien desconocía el terreno sobre el que estaba avanzando, extrañamente, no sentía culpa. Sin embargo, eso no le impedía ser cuidadoso e intentar que ella lo fuese también, tanto en las formas de comunicarse como al frecuentar lugares apartados y así evitar ser vistos.

Desde un principio esta relación le hizo pensar en su padre, a quien siempre se lo imaginó teniendo algún *affaire*, aunque nunca, tal vez por su discreción, tuvo pruebas de ello; por otro lado, Fernando entendía que su historia con Aurelia pertenecía a otra categoría y tal vez eso era lo que lo eximía de sentir culpa. A Isabel la quería, pero ésta era otra forma del amor.

Igualmente se le ocurrió decirle que debían tomarse más tiempo, acaso conocerse más... Se permitía alimentar sus fantasías, como si para él hubiese un futuro posible... Se separaron con la decisión tomada de cortar el contacto por un mes.

Para Semana Santa, Fernando se tomó unos días y se fue con su mujer y su hijo menor a Punta del Este. Quiso llevar el auto, porque a la vuelta debía pasar dos días en Montevideo: una serie de citas de trabajo. Ellos volverían en avión. Como la casa de su suegro estaba en refacción, se alojaron en el hotel Palace de la Punta. Lo había hecho algunas veces en su adolescencia cuando su padre vivía. Disfrutó de la playa; hacía fresco pero el mar aún estaba agradable. Por más que pensara en Aurelia, no lo hacía con angustia o desesperación: estaba realmente convencido de que no debía presionarla, de que con tiempo, sin apresurar las cosas, ella podría pensar en una forma de irle al encuentro. Claro que ese nivel de vaguedad lo favorecía y le permitía soñar sin tener que ponerse realmente a pensar en la relación con Isabel.

Hacían el amor dos o tres veces al mes y eso cuando él se acordaba y ella coincidía. A Isabel nunca le había interesado demasiado el tema, y en los últimos años, como Fernando tenía la cabeza en otras cosas, lo erótico había sido relegado bastante y esa relativa intimidad a la que empuja el sexo se fue diluyendo. Pero como fue algo gradual, hasta que la conoció a Aurelia, para Fernando ese cambio había pasado totalmente desapercibido porque había muchos otros aspectos de la convivencia que no le desagradaban. Aunque por instantes se sentía un extraño en esa familia, una familia que durante años le había aportado tantas felicidades, o por lo menos lo que él en su momento consideró felicidades, el hecho de que nunca se hubiese producido nada terrible entre él y su mujer, y por encima de todo la rutina, aquella rutina, habían constituido a la relación como algo que siempre iba a existir.

Se sumergió en la vida familiar: jugaba al tenis por la mañana temprano y luego se largaba a hacer largas caminatas solo por la playa hasta la hora del almuerzo. Por la noche comían en restaurants con amigos y Fernando participaba poniendo la cara y la sonrisa. Como era un tipo taciturno, nadie se sorprendía de su comportamiento, pero para él era como si estuviese navegando con piloto automático.

El último día salió con Isabel a ver unos terrenos que el suegro le había sugerido como inversión. Quedaban en José Ignacio, una zona donde no había muchas casas. Los precios no eran bajos pero aún eran convenientes; sin embargo, Fernando tenía la impresión de que el momento de invertir ya había pasado. Para evitar las discusiones de siempre, aceptó el argumento de su mujer de que él nunca la había pegado con los pronósticos financieros. Asustado por los percances que había heredado de su padre, Fernando era tan cauto con las decisiones financieras que la mayoría de las veces desperdiciaba buenas oportunidades. Pero prefería eso al riesgo de perder el dinero ganado con mucho sacrificio. Por esa razón se ponía muy incómodo cuando estaba en un grupo de amigos audaces, que siempre recomendaban operaciones peligrosas, aunque raramente ellos participaran.

El lunes por la mañana dejó a su familia en el aeropuerto de Laguna del Sauce y siguió camino a Montevideo. Después de almorzar con sus clientes quiso dar un paseo por el centro. A pesar de la larga sobremesa, no había tomado café. Se reservó para el Sorocabana, pero cuando llegó adonde había estado por tantos años, se encontró con una librería, Plaza Libros. En la época del colegio había ido varias veces a Montevideo a jugar al rugby y aún conservaba algunas imágenes de aquella época. Recordó que había otro café tradicional cerca. Caminó siete cuadras hasta el teatro Solís y entró al Bacacay. Se sentó en una mesa junto a la ventana. No tenía el aire ligeramente decadente del Sorocabana, sino la elegancia obvia favorecida por los *yuppies* que pululaban en las horas de trabajo. Pidió un cortado y el diario. Quería pasar un rato largo allí pero las noticias no lo interesaron. Acabó el pocillo y enseguida sintió cierta impaciencia por partir. Por otro lado, la idea de tener que viajar solo de Montevideo a Colonia no le agradaba en lo más mínimo. Para prolongar lo inevitable pidió una mineral con gas. Estaba por tomar un sorbo de agua cuando Aurelia entró al café. Fernando quedó con el vaso en el aire y el pulso se le aceleró. Ella al principio no lo vio. Estaba cegada por la luminosidad exterior y tardó unos instantes en adaptarse a la luz del salón. Cuando se quitó los anteojos de sol y los metió en el bolso escuchó:

—¡Aurelia!

—¡Fernando! ¿Qué haces aquí? ¡Qué sorpresa! —dijo dándole un abrazo fuerte, un beso medido.

—¿Y vos? ¿Qué hacés?

—Vine a entrevistar al alcalde de Montevideo y otro par de políticos uruguayos. Sólo me falta un tipo que me citó aquí. Pensé que era tarde. Se ve que aún no vino. Supongo que estará al llegar. ¿Tomamos un trago después?

—Bueno, yo tengo que ir a Colonia, pero te puedo esperar. ¿Cuánto vas a tardar en hacer tus cosas?

—A ver, son las tres y media. Creo que a las cinco habré terminado. Yo también quería pasar por Colonia. Me han hablado tanto. Pensaba tomarme un autobús. Luego hablamos.

—Nos vemos entonces entre cinco y cinco y media aquí mismo —dijo Fernando sonriéndole, un poco asombrado todavía por la oleada de bienestar que lo había invadido. Puso algunas monedas sobre la mesa y salió a la calle. Se encaminó hacia el puerto y recorrió el viejo mercado. A los veinte minutos de andar se le agotó el impulso y se dio cuenta de que la espera se le iba a hacer muy larga; por lo tanto se metió en el primer cine que encontró. No le importaba que la película hubiese empezado: *Duro de matar* tenía una trama predecible.

A las cinco y cuarto encaró en dirección al café. Cuando llegó, Aurelia escribía en una libreta de apuntes sin levantar la vista. Se le acercó por detrás y le tapó los ojos. Ella le tomó las manos y se las sujetó. Por más que se morían de ganas de besarse, tuvieron que esperar. Aunque estaban en Montevideo, donde nadie los conocía, tenían incorporado al comportamiento el esfuerzo de tratarse como simples conocidos.

—¿Vamos?

—¿Adónde quieres ir?

—No sé, podemos dar un paseo por Carrasco y después partimos hacia Colonia.

—Fantástico.

Estacionaron en la Rambla. Fernando apagó el motor y la miró. Ella sonrió. El primer beso fue lento y suave. Se alejó un instante. Le tomó la cara entre las manos y la besó con más intensidad. Como era día de semana había muy poca gente circulando. Caminaron tomados de la mano. Cuando llegaron al Gran Hotel, Fernando estuvo tentado de alquilar una habitación. Se contuvo: no dijo nada aunque sabía que ella hubiera aceptado inmediatamente. Pero era innecesario. Sabía que tenían muchas horas por delante; esa sensación le provocó una enorme placidez.

—¡Me encanta este sitio! Como te imaginarás, me recuerda a El Malecón de La Habana.

—Por eso quise venir.

Caminaban, se sentaban, seguían caminando. Ella contó de la vida que nunca tuvieron en Cuba, historias de infancia, de las relaciones con sus padres y hermanos. Fernando, en cambio, relató cómo se sintió cuando su padre murió en su primer año de universidad. Algo que le había marcado el comienzo de su vida adulta. En su escritorio tenía varias fotos del padre: una de smoking, sonriente junto a su madre y otra mujer, otra junto a su caballo favorito que lucía una espléndida cocarda, después de haber ganado el Pellegrini en 1947, y otras sacadas supervisando alguna actividad, durante las largas temporadas que pasaba en el campo. Siempre disfrutaba al explicar la circunstancia, aunque muchas de las veces debía improvisar. Siempre lo admiró, pero desde lejos porque nunca había recibido mayor atención de su parte. Fernando había conservado la sensación de que su padre hubiese querido un hijo más a su medida, no ese muchacho circunspecto y tímido. Cuando más había necesitado de los consejos y de la confianza de un padre, tuvo que luchar solo, desamparado. Esa dificultad con su padre que con su muerte prematura se había vuelto irreversible lo había empujado hacia su madre. Mamama había buscado a Fernando para apoyarse en él. Ella también había sentido siempre la distancia que imponía su padre, y cuando él murió todo se hizo más evidente, todo lo no dicho, las intermitencias de lo cotidiano nunca más pudieron encontrar un lugar. Fernando la ayudó cinco años después, cuando tuvo que enfrentarse al cáncer de pecho. Pudo sobrevivir pero los controles semestrales mantenían su vida en vilo.

Aurelia, en cambio, era parte de un clan muy unido, grande y curioso. Sus padres vivían en Nueva York. Tenía cuatro hermanas que estaban repartidas por varias ciudades del continente: Nueva York, Miami, Caracas, México. Hablaban por teléfono regularmente, una vez por semana, y pese a cierta reticencia suya, cada una de ellas quería saber todo lo que pasaba en su vida. Opinaban y repartían consejos, la mayoría de las veces no solicitados. Aunque en el pasado Aurelia había compartido algunos de sus flirteos con sus hermanas, cuando conoció a Fernando tuvo la sensación de que tal vez era mejor conservar en secreto la naturaleza de sus sentimientos. Solamente le había contado a Blanquita Bulnes, una chilena con quien había estudiado en la Universidad de Columbia y con quien, a través de los años y los traslados y los distintos matrimonios de ambas, había mantenido un diálogo distinto del familiar. Se hablaban una vez al mes, se intercambiaban e-mails casi todas las semanas.

Cuando se dieron cuenta de la hora, ya había anochecido. Fernando igualmente propuso partir: podían detenerse en algún pueblo en el camino. Una hora después de salir de Montevideo sintieron hambre y decidieron parar a comer. Fernando siguió hasta el primer desvío y por allí llegaron a un caserío, una calle principal iluminada y las inevitables cachilas circulando a quince kilómetros por hora. En la estación de servicio preguntó y le indicaron cómo llegar a una buena parrilla. Resultó ser el café del pueblo que tenía un quincho como anexo. Había tres mesas y una parrilla con algunos pedazos de carne asándose. Aurelia se instaló en una de las mesas y Fernando entró a preguntar.

—Buenas.

—Buenas, don. ¿Qué se le ofrece?

—¿Podemos comer algo a la parrilla?

—Sí, cómo no...

—¿Qué tiene?

—Lo que usted quiera...

—¿Tiene vacío?

—Vacío, no. Se lo debo.

—¿Tiene entraña?

—No... hoy se acabó la entraña...

—Bueno, digamé, ¿qué es lo que hay?

—A ver, dejemé ver —el tipo abrió la heladera—. Mire, tenemos un poco de salchicha criolla y tira de asado... me parece que hay un pedazo de tira en la parrilla... Ahora nomás le llevo.

—Perfecto. ¿Puede ser alguna ensalada? De lo que tenga...

—Seguro. ¿Algo para beber?

—Soda, traiga soda. ¿No se ofende si tomamos una botella de vino nuestro?

—No, por favor, faltaría más...

—Lo único que necesito es que me preste un sacacorchos.

—Ya mismo se lo traigo, don.

—Y nos trae una picadita de queso, si tiene.

—Seguro.

Mientras hablaba con el tipo, Fernando había recordado que le había quedado un par de botellas de las que siempre llevaba a Uruguay para regalar a los amigos y a los clientes.

El tipo trajo enseguida dos vasos y la soda, el pan y el queso. Sobre el mantel de hule colocó dos platos Rigopal, cubiertos y servilletas de papel dobladas en forma de triángulo. Fernando descorchó la botella de tinto y brindaron sin especificar el motivo. Bajo ese quincho modesto se entrelazaron las manos y a través de la mesa se pudieron besar largamente como hacía tiempo no lo habían hecho. Para ambos, cada uno por distintas razones, pero principalmente por la forma en que se había dado, ese encuentro representaba una sorpresa inesperada. Cuando no se veían o el contacto se limitaba a hablar por teléfono, Aurelia se repetía a sí misma y también a Fernando que en realidad eran muy buenos amigos. Encuentros como éste desbarataban completamente una estrategia que de por sí tenía muchos puntos flojos. A Fernando escuchar ese discurso le producía un dolor profundo pero, por otro lado, no sabía ni podía especular cuál hubiese podido ser la alternativa. Durante semanas había intentado imaginarse la posibilidad de que pudieran encontrar una solución mágica que, de alguna forma, les produjese alivio, pero no un alivio temporario, sino un alivio sostenible en el tiempo. Por primera vez en la vida se sentía frente a una encrucijada cuyas opciones eran todas insatisfactorias. Sin embargo, aquella noche nada iba a estropearles el placer de estar juntos.

Cuando el tipo le trajo el vuelto, Fernando le preguntó dónde podía encontrar un hotel.

—Hotel acá no hay. No va a encontrar hotel.

—¿Alguna pensión?

—La de Benítez alquila habitaciones. Algo familiar, sabe. Paran viajantes de comercio, rematadores de hacienda, gente que está de paso.

—Con tal de que sea limpio —dijo Aurelia.

—Limpio, limpio sí. Sí, eso sí. Nunca nadie se ha quejado.

—¿Cómo llegamos?

—Mire, vuelva a la avenida Artigas, la principal, esa con luces. En la esquina de Flores, la va a encontrar. Una casa blanca con dos palmeras grandes en el patio del frente. No se puede equivocar. Que le vaya bien, don. Buenas noches.

—Buenas noches, gracias.

En dos minutos estaban frente a la casa de las palmeras. Era importante, de principios de siglo, blanqueada a la cal. Había dos viejas sentadas en la galería tejiendo, iluminadas por una bombita de veinticinco watts que colgaba de un cable larguísimo desde el cielo raso.

Fernando apagó el motor.

—¿Qué te parece?

—Divertido. Bajemos a ver.

—Buenas, señoras. ¿Con la señora de Benítez, por favor?

—Chela. Chela —gritó la menos vieja de las viejas.

—¿Qué, mamá?

—Los señores te buscan. Pasen, por favor, ya viene Chela —dijo la vieja.

Chela apareció secándose las manos en el delantal. Era baja y gordita y los recibió con una sonrisa agradable.

—Perdón, es que estamos haciendo dulce de leche. Pasen, por favor. ¿En qué los puedo servir?

—Nos han dicho que usted alquila habitaciones.

—Sí. Cómo no. Me queda una libre. Carmencita, fijate si está hecha la cama de la siete. ¿Cuánto tiempo se quedan los señores?

—Sería sólo por esta noche.

—Muy bien. No hay problema. Ya les preparamos el cuarto. ¿De dónde son?

—De Buenos Aires. Venimos de Montevideo, estuvimos unos días.

—¡Ay! ¡Qué ciudad más linda es Buenos Aires! Estuve para mi luna de miel. Siéntense un rato mientras esperan. ¿Les puedo ofrecer una copita de anís?

—Bueno, gracias. No tiene por qué molestarse. ¿Querés una copita?

—Sí, encantada —dijo Aurelia que estaba curioseando unas viejas revistas *Hola* en el hall de entrada.

Chela los hizo pasar a la sala que parecía un mausoleo. Los muebles de casamiento de su abuela estaban lustrados e impecables. Los pisos de baldosa brillaban pese a la luz pálida que despedía la araña. Chela abrió una puertita del aparador enorme y sacó una botella de Anís del Mono y tres copitas y las sirvió. Sorbieron el licor sin hablar, de pie, observando el entorno. A Chela se la notaba impaciente por hablar pero el silencio de la pareja la inhibía. Fernando sólo pasó la mano izquierda por la tapa de la mesa del comedor, como admirando el enchapado de raíz, sin hacer comentario. Aurelia posó la mirada sobre cada uno de los estantes y se detuvo en el que había dos muñecas de porcelana con mantilla y peinetón. Cuando estaba por preguntar a quién habían pertenecido, apareció Carmencita anunciando que podían pasar. Chela los acompañó al cuarto. El pasillo estaba muy poco iluminado.

Abrió la puerta. La luz de cada velador al costado de la cama matrimonial estaba encendida. Las celosías y las cortinas estaban cerradas.

—Si llegan a tener frío, en el ropero hay frazadas. Allí tienen las toallas —dijo abriendo la puerta del baño—. Si necesitan algo, yo estoy despierta hasta la una. Empezamos a servir el desayuno a las siete. Buenas noches. Que descansen.

—Muchas gracias, doña Chela. Buenas noches —dijo Aurelia. Esperó a que los pasos de la mujer se alejaran y entonces cerró la puerta con llave.

Fernando encendió la radio eléctrica que estaba sobre la mesa de luz.

—Cuando ofreció la copita pensé que nos iba a dar una lata tremenda. Pero es divina, muy profesional.

—Es cierto. La otra vieja debe de ser la abuela. Mañana cuando tomemos el desayuno, quiero averiguar un poco más de estas mujeres. Habrán liquidado a los maridos. No vimos ni un solo hombre...

—Aquí tenés uno... —dijo él mientras la abrazaba por la espalda. Le apartó el pelo y empezó a besarle el cuello. Se sentaron sobre el borde de la cama. Aurelia se dio vuelta y lo besó. Cayeron sobre la cama sin despegar las bocas.

Cuando se habían encontrado en el Café Bacacay, Fernando sintió un sobresalto y lo invadió una excitación que después en el paseo por la Rambla de Carrasco se había atenuado. Aurelia, que a la distancia era culposa, cuando las circunstancias la embestían, se lanzaba con una intensidad descomunal que la mayoría de las veces asustaba a Fernando, que prefería la cautela. Este paseo les produjo la sensación de que habían pasado buena parte de la vida juntos y, por más que la incertidumbre del futuro estuviera siempre presente, no afectaba la placidez que les producía mirarse a los ojos, tomarse las manos, juntar los labios, escuchar la respiración del otro.

Aurelia tardó mucho en conciliar el sueño. La despertó el segundo canto del gallo y estuvo sentada en la cama contemplando cómo Fernando dormía. La tranquilidad que él le había transmitido toda la tarde se había desvanecido en la oscuridad y ahora ella sentía frío. El vacío después de los grandes momentos. Recién entrada el alba pudo adormecerse. Cuando se levantó, él ya se había afeitado y duchado y había hecho traer un jugo de naranja al cuarto. Aurelia se metió en la ducha. Con una toalla en la cabeza se vistió, sin prestar mucha atención a la ropa que se ponía. Como percibió su desasosiego, Fernando la ayudó a secarse el pelo. Primero le pasó una toalla masajeando el cuero cabelludo. Luego le pasó el cepillo suavemente mientras subía y bajaba el chorro de aire caliente del pequeño secador de viaje.

—¡Qué placer es que te atiendan así! ¿Cómo aprendiste a hacerlo?

—Acordate que soy el hermano mayor y cuando mis dos hermanas eran chicas, no había nadie que ayudara a mi madre en estos trámites.

—Te juro que a mi marido jamás se le ocurriría secarle el pelo a ninguna de sus hijas.

Desayunaron en el comedor. Fernando, café con leche, pan fresco con manteca y dulce de leche casero. Ella pidió un té. Los otros pasajeros ya habían partido. Eran las diez y media cuando terminaron.

El trayecto hacia Colonia comenzó en silencio. Fernando intentó buscar una estación de radio que conciliara sus humores hasta que se detuvo en una donde pasaban música barroca. Paró a llenar el tanque y consultó el horario de los ferrys: con comodidad podían llegar al de la una. Diez minutos después de retomar la ruta, Aurelia, que ya no podía con el silencio, largó una carcajada y le dio un beso en la mejilla:

—Mi amor, ya basta de melancolía.

—Sí, yo estaba pensando lo mismo. Esta mañana cuando me metí bajo la ducha, me entró una angustia tremenda, como si éste fuese nuestro último encuentro así. Las grandes y pequeñas ilusiones que había construido se diluían en la bruma. Te veía muy lejos, inalcanzable...

—Yo pasé una noche horrible. Cuando te dormiste, cuando dejé de escuchar tu voz, encontré la realidad que nos acechaba.

—Me hubieses despertado, amor.

—Ayer, cuando salimos de Montevideo, no te lo quise decir porque te vi tan contento, y la verdad es que casi lograste contagiarme la alegría...

Aurelia respiró hondo y desvió la mirada hacia los campos ondulados al borde de la ruta:

—Nos mudamos a París a fin de mes. El Ministerio le informó a mi marido hace unas semanas. Yo conseguí que el periódico también me ofreciera un trabajo allí.

—¿Cómo? ¿Te vas?

Fernando aminoró la marcha. Las manos se aferraron al volante, el interior del pecho se le vació. Apenas le fue posible detuvo el auto al costado del camino. Aurelia estaba conmovida, pese a que ella nunca se permitía llorar. Lo tomó de la mano y él se la besó.

—Me inventé este viaje a Montevideo porque necesitaba distraerme, tener una excusa para estar lejos de Buenos Aires. Ya no aguantaba más sin llamarte.

—¿Pero por qué? ¿Por qué no me llamaste?

—Creía que si no te hablaba ni te veía, iba a poder partir, desaparecer de tu vida. Pero ¡mira lo que nos ha pasado! Ahora sí que me cuesta imaginarme lejos de ti... sé que es inútil... pero te quiero mucho.

—Yo también... mucho, mucho, mucho.

—Sigamos que si no vamos a perder el ferry —dijo Aurelia apretándole la mano derecha.

El embarque se demoró porque un camión brasilero con acoplado tenía dificultades en hacer maniobras por la altura de la carga y tuvieron que reacomodarla. Finalmente el ferry zarpó. El cruce del río se les hizo interminable. El cielo estaba tapado de nubes y amenazaba tormenta. Al principio, pasearon la angustia por la cubierta. Fernando le ofreció almorzar pero como ninguno de los dos tenía hambre, sólo tomaron un té de hierbas. Luego, él pidió un tostado de jamón y queso al que varias veces le echó un bocado. Lo tomaba, lo estudiaba y lo desplazaba alrededor del plato. Ambos se sentían atrapados encima del barco y sabían que no había lugar en el mundo que pudiera quitarles el desasosiego.

Después de hacer aduana, Fernando enfiló por Ingeniero Huergo para dirigirse al centro. Ofreció acompañarla a la casa pero cuando llegaron a Retiro, ella quiso tomar un taxi. Las dos semanas siguientes, Fernando estuvo cargado de trabajo, o por lo menos, se ocupó de estar cargado de trabajo. Decidió viajar a Salta y a Mendoza cuando muy probablemente podía haber resuelto todo por teléfono.

Las despedidas son siempre difíciles. Si las hay, porque no se sabe qué decir, y cuando no las hay, uno se arrepiente y palpa la desesperación por todo lo que pudo haber hecho o dicho. Hubo varias fiestas de los colegas que agasajaron al marido y una en particular que los amigos de San Telmo le planearon a Aurelia. Ella llamó a Fernando a la oficina, remarcándole que tenía muchas ganas de verlo. Todo el día estuvo debatiendo si debía ir o no ir, si quería ir o no. Por suerte tenía la cita semanal con Nicanor para hacer esgrima. Cuando a las seis estaba a punto de salir, sonó el teléfono:

—Ingeniero, para usted. En la línea tres.

—¿Quién es?

—Dijeron de Caracas...

—Bueno, páseme la comunicación a mi escritorio.

Fernando volvió a su despacho y cerró la puerta. Se acomodó en su silla y respiró hondo.

—Hola. Soy yo. Ya sé que no vas a venir, pero por si las moscas, te quería decir que es una reunión muy íntima. La gente que conocí a través de Pepón y yo, sola...

—Estaba decidido a ir —mintió Fernando. Había debatido bastante la posibilidad, aunque su llamado no le dio opciones.

—Bueno, me encanta. Gracias. Hubiera sido muy feo no verte... Pero, ¿qué estoy diciendo? Haz lo que quieras...

—Iré. Iré.

—Entonces ¿nos vemos a las nueve?

—A las nueve no puedo. Llegaré a las once.

Tirar con Nicanor le hizo bien y como el profesor también se ofreció, pudo prolongar la estadía en el Club un par de horas. Después se dio un baño turco y masajes. Ya no sabía qué hacer para relajarse. Llamó a su casa para avisar que no iba a comer, y la mucama le dijo que su mujer había llamado para avisar que se quedaba en San Isidro hasta tarde. Tampoco iba a comer en casa.

Unos clientes canadienses lo habían invitado a comer. Pensó que podía despacharlos temprano porque los tipos debían tomar el avión a la madrugada para Bariloche, y en efecto así fue. Como estaban alojados cerca de Plaza de Mayo, los llevó al Imparcial: así le quedaba cerca de San Telmo.

A las doce tocó el portero eléctrico en lo de Pepón. Desde la calle se escuchaba un ruido de salsa descomunal. Cuando entró una pareja se coló al edificio y subió al tercer piso. Le abrieron sólo después de haber golpeado la puerta varias veces. Habían corrido los muebles y unas treinta personas bailaban alegremente. Cuando Aurelia lo vio, primero puso cara de enojada pero después se le abalanzó y le dio un abrazo fuerte.

Por más que estuviera acostumbrada a ingerir monumentales cantidades de alcohol, francamente estaba borracha. Fernando no pudo poner resistencia al baile que ella le proponía, pero al primer cambio de ritmo la encaminó hasta la terraza.

—¡Qué voy a hacer sin ti, mi amor! —decía ella echándole los brazos al cuello y besándole apenas los labios.

—Bueno, podremos escribirnos por correo electrónico. Vos que sos literata, a ver las cartas que escribís...

—Claro. Todos los días...

Fernando pudo entonarse con las magníficas caipirinhas de Pepón. Estuvo dos horas con ella mirando las estrellas bajo la noche sin luna. Se besaban suavemente con la delicadeza de colegiales inexpertos e interrumpían para mirarse en los ojos.

—Amore, me voy —dijo Fernando armándose de coraje—. Ojalá podamos vernos pronto...

—Te prometo que nos veremos antes de lo que te imaginas... Pero quédate un rato más, es muy temprano todavía.

—No, amore. Es mejor así...

Sin saludar se deslizó entre la gente y antes de darse cuenta pasó de los brazos de Aurelia a la calle. Se acercó hasta la avenida Independencia y, como hacía fresco, prefirió caminar unas cuadras porque no pasaban taxis. Se demoró frente a una tienda: al principio no prestó atención, pero cuando volvió a detener la mirada en el escaparate, vio en letras grandes: Roseti, sastre, trajes a medida. El nombre le volvió desde su adolescencia como una brisa saludable que alivia del calor. Era el sastre que había cosido para su padre y que un año antes, ¿o habían sido dos?, le había cambiado el forro al viejo saco de *tweed* que ahora usaba su hijo pero que había sido de su padre. Apoyó la cara contra la vidriera e hizo pantalla con las manos para observar el interior de la tienda. En ese instante pasó un taxi y Fernando se lo perdió. Adentro no se veía nada, más que las tijeras, unos géneros cortados y doblados, un par de maniquíes vestidos. Cinco minutos después pudo subirse a un taxi. Cuando se metió en la cama, su mujer aún no había llegado.

Como siempre en estas historias, se necesita un confidente, pero Fernando se resistía a compartir este romance con ninguno de sus amigos. Temía que no entendieran los elementos que lo sacudían y que sostenían cada uno de sus sentimientos. Además, después de tantos años de matrimonio era difícil haber conservado amigos con quien existiese un nivel de intimidad que este tipo de confidencias requería. También le causaba mucha tristeza el proceso de ocultamiento que había elaborado desde el día en que conoció a Aurelia, no tanto porque sintiese culpa, porque culpa no sentía... simplemente porque las cosas se habían dado así y no de otra manera.

Aurelia, en cambio, vivía todo con mayor intensidad. La culpa la atormentaba, pero por otro lado estaba siempre dispuesta a asumir más amplios riesgos. Trataba de autosugestionarse con una letanía personal en la que ellos dos eran amigos, grandes amigos, amigos que compartían ciertos sentimientos, aislados de sus vidas conyugales en el espacio y en el tiempo. En el pasado había tenido algunos *affaires* intrascendentes, que no habían afectado la relación con su marido, pero en esta oportunidad, se sentía muy confundida, ante una encrucijada. Cuando se lo comentaba a su amiga Blanquita, al mismo tiempo trataba de entender cómo hubiera hecho un hombre en su lugar. ¡Cuántos hombres había conocido que llevaban una doble vida! Pero, ¿por qué para un hombre es tan fácil?, pensaba. ¿Por qué hay cosas que nosotras no nos podemos permitir, cosas que si nos las permitimos, vivimos perseguidas por una culpa acuciante y desagradable?

Los días anteriores a la partida, Fernando estuvo muy inquieto, pero recién cuando se figuró que ella ya estaba en el avión, pudo retomar su rutina. Para Aurelia fue al revés, puesto que los preparativos la ocuparon mucho, día y noche haciendo cajas y listados de los contenidos, pero una vez que emprendió el viaje, tenía muchas horas vacías para darle completa libertad a su imaginación. De hecho, fue ella quien lo llamó a la semana de llegar a París, con la excusa de pedirle su dirección de correo electrónico. Si bien la tenía porque figuraba en la tarjeta que Fernando le dio cuando se conocieron, tal vez por temor a poner ciertos casos por escrito o por ampararse en la inmediatez y la fugacidad que le significaba la voz en el teléfono, nunca le había enviado un mensaje antes. Desde entonces establecieron una rutina cada dos o tres días, que perdieron su regularidad ni bien Aurelia comenzó a viajar por trabajo.

En París, la vida familiar la tenía absorbida, pero cuando salía de su casa se reconectaba con Fernando.

Lo llamaba desde los sitios más insólitos, Salzburgo, Andorra, Spoleto, Leipzig, Praga, Valencia. Desde uno de esos cuartos de hotel globalizado, con las cortinas y el cubrecama haciendo juego, le hablaba a su escritorio en Buenos Aires, haciéndolo partícipe de su cotidianidad, de sus encuentros. En la *laptop* copiaba trozos de lectura, reflexiones sobre lo que había visto y oído, que acumulaba para luego enviar por correo electrónico con algún comentario propio. A su marido y a sus hijas también les mandaba curiosidades que sabía podían disfrutar.

Dos meses después, Fernando viajó a Nueva York. Una empresa del ramo estaba interesada en asociarse para ciertos proyectos en América latina y como la consultoría de Fernando había ganado un prestigio considerable, los invitaron a Nueva York para concretar detalles: ya habían adelantado el asunto, intercambiando documentación y con una previa visita de ellos a Buenos Aires. Paco, uno de los socios, acompañó a Fernando. En principio habían planeado llevar a sus consortes, pero a último momento sólo la de Paco estuvo disponible.

Por más que se hubiera propuesto considerar la relación con Aurelia como un asunto terminado, casi no pasaba un día sin que ella no ocurriera en sus pensamientos. Había momentos en que escuchaba su voz y sus argumentos. Momentos en que la veía voluptuosa y adorable, su sonrisa y su boca cautivante, acostada en el sofá esperándolo.

Ella le había enviado tres largos mensajes por correo electrónico como si nada hubiese cambiado, porque de hecho, casi nada había cambiado para ella. Fernando se resistía a escribirle porque todavía no se resignaba a aceptar las condiciones que la distancia les había impuesto. Le contestaba mensajes breves sin comentarios.

Se alojaron en el Plaza: Fernando hubiera preferido algo menos ostentoso, pero sus socios insistían en que debían demostrar solvencia. Fueron tres días aburridos de reuniones por la mañana y de estudio de documentación por la tarde, aunque el clima era placentero, con un sol tibio que lo acompañaba en sus paseos vespertinos por el Central Park. Fernando había perdido momentáneamente el interés por los negocios de su empresa y por los atractivos que tenía Nueva York para las compras. Paco y la mujer, en cambio, que se quedaban una semana completa, no paraban un minuto. Apenas terminaba la reunión, huía hacia los museos o simplemente caminaba por Madison. La última noche le propusieron salir a comer en el *downtown*. Fernando recordaba un restaurant, el *Odeon*, que era de los años 30, y que en los 80 había tenido un *revival*. Comieron bien y su socio y la mujer, que estaban en Nueva York por segunda vez en sus vidas, quedaron fascinados por la clientela: una mezcla de jóvenes operadores de Wall Street, personajes de la moda y del mundo del arte del Soho. Fernando estaba cansado o por lo menos eso dijo cuando ellos le propusieron ir a escuchar jazz. Los acompañó hasta el *Blue Note* en el Village y, sin bajar, en el mismo taxi siguió hasta el hotel. En la quietud de su habitación quiso levantar el teléfono para hablar con

Aurelia, pero la diferencia de hora convertía el asunto en algo imposible. Durmió mal, con frecuentes interrupciones. Al amanecer abrió los ojos y después de dar muchas vueltas pudo dormirse a las siete. A las nueve lo despertaron con el desayuno. Supuso que Aurelia podía estar en la oficina y marcó el número con el pulso acelerado.

—Aló.

—¡Aurelia! ¡Soy yo!

—¡Ah! Tú. Desaparecido. Pensé que me habías olvidado.

—Es que tuve que viajar a Nueva York y de aquí te llamo.

—Sí, cuéntame. ¿Cómo has estado? Pasaron ya dos meses desde que nos dimos el último beso. Te escribí tres cartas largas. ¿Las recibiste?

—Sí, las recibí, pero te contesté, ¿no?

—Telegráfico, chico. Muy pero muy breve, para mi gusto.

—La verdad es que no podía organizarme las ideas para contestarte. ¿Y vos cómo andás? ¿Sigue el frío en París? ¿Seguís con tu ritmo vertiginoso de actividad?

—¿Sabes? He tenido mucho trajín pero igualmente he podido trabajar en mi libro. Es algo penoso, más que nada porque son crónicas que he debido rescribir, eliminando muchas de las muletillas que funcionan en un periódico, pero que en un libro quedan muy mal. ¿Y cómo está tu familia?

—Bien, supongo. Sí, claro, bien. Me fui hace cinco días y parece más. En general estoy muy confundido porque han pasado cosas que no me esperaba.

—¿Qué pasó?

—Es curioso, pero mi hijo mayor, Cosme, me pidió ayuda. Resulta que la novia se quedó embarazada, o así parecía. Me llamó a la oficina y le propuse que saliéramos a almorzar. Es la primera vez que estuvimos solos desde cuando lo acompañaba al colegio o lo iba a buscar a la casa de algún amigo antes de que él se moviera solo en colectivo. Diez años quizá. Empezó diciendo que era consciente de que nunca hablábamos y que gran parte de la culpa era suya. Te juro que se me puso la piel de gallina. Supongo que hay un momento en que los varones necesitan de un padre: bueno, yo todavía estoy resentido por ese padre que no tuve o creo que no tuve. Yo estaba convencido de que mi mujer era su confidente, pero obviamente hay cosas que con su madre no habla. Para abreviar, te cuento que me sentí muy bien, primero que me viniera a buscar y segundo, por suerte, que no hubo que hacer nada porque a la chica le vino la regla al día siguiente. Así que en lo familiar he tenido una sorpresa agradable.

—¿Y en el amor? ¿Algún encuentro feliz?

—Por favor, no te burlés. Sigo pensando en vos. En fin, ni sé para qué te llamé… No entiendo por qué tenés que mantener esa postura irónica con respecto a nuestra relación.

—Vamos, chico. No dramatices. Seguimos siendo amigos, ¿no recuerdas? Ya tendremos otra oportunidad de encontrarnos en algún lugar del mundo. Pero, por favor, contéstame los mensajes. Quiero saber de ti, ¿entiendes? Quiero saber qué pasa en tu vida.

—Bueno. Entendido. Ahora tengo que salir a comprar unas cosas que me pidieron los chicos. Tengo una lista interminable. Suerte con todo, especialmente que puedas terminar el libro pronto.

—Te mando un beso enorme, mi amor. Te quiero mucho y acuérdate que siempre pienso en ti.

Cuando llegó al aeropuerto Kennedy, descubrió que el vuelo a Buenos Aires estaba retrasado un par de horas, quizás algo más. Había caminado todo el día buscando los encargos de sus hijos y terminó muy cansado. Además, como estaba listo para recostarse en la cómoda butaca de *Business*, enfrentarse con uno de los asientos duros de la sala de espera lo puso de muy mal humor. Dos horas después la empresa de aviación les ofreció a los pasajeros que pasaran al restaurant.

Entre la multitud de turistas atiborrados de paquetes y bolsos y de hombres de negocios cansados, buscó ubicarse solo al fondo del salón. Al rato apareció un tipo. Le pidió permiso para compartir la mesa y se sentó. El retraso lo había contrariado, pero a esta altura ya no le importaba nada y cuando el tipo se demostró comunicativo, Fernando puso la cara en posición de escucha. Eusebio —así se llamaba— pidió dos vasos con hielo y le ofreció un whisky de la petaca que sacó del bolsillo del saco. También parecía cansado. Tenía el aspecto de uno de esos tipos que ante las complicaciones, grandes o pequeñas, nunca se deprimen. Cuando Fernando vio el brillo en los ojos del hombre, recordó cómo él también había remontado situaciones difíciles.

—¡Estoy destrozado! Desde que llegué no he parado un minuto. Además viste cómo es, los encargos no se terminan más. ¡Es como si vivieran en Burundi! Es ridículo, mi cuñada hasta llegó a pedirme pasta de dientes... —dijo Eusebio.

—¿Sabés lo que hago yo? Digo que no hay de eso. Que fui a varios negocios y que no lo encontré.

—Antes evitaba los encargos pero ahora no sé, pongo más cuidado en las relaciones familiares. Hace un año me separé: fue feo, terminamos mal con mi mujer. Cuando te lo cuentan, uno dice, no, cuando yo me separe, si me separo, voy a hacer todo civilizadamente. Imposible. Además fijate cómo se dieron las cosas. Después de casi treinta años de matrimonio, me enamoré de una compañera de la facultad de mi hija mayor. Ahora que lo cuento suena ridículo, una locura. Salimos tres meses y yo quise formalizar, quería vivir con ella. ¿Viste cómo dice la gente que ha vivido esto? Bueno, es así, me sentía otra persona, más joven, me entusiasmaba por todo. Era como otra oportunidad. Siete meses después ella me dejó: se había equivocado, dijo. La diferencia de edad era algo que pesaba mucho, dijo. Se me vino el mundo abajo. Mi mujer me odiaba, mis hijos se dividieron: los dos varones se pusieron del lado de la madre y las tres mujeres no se querían comprometer, aunque me llaman de vez en cuando. He pasado unos meses horribles. Soy abogado. Casi no aparecía por el estudio. Delegué la mayoría de mis juicios a los dos abogados jóvenes que contratamos el año pasado. Las cosas tienen que ponerse peor para poder mejorar. Empecé a chupar. Lo de llevar petaca encima lo saqué de mi padre, pero esto no es nada. Salía a almorzar con la gente que circula por el Bar-o-bar, que no tiene problemas en tomarse una botella de vino, porque después puede dormir la siesta. Tomaba un par de tragos antes y después del almuerzo y a la tarde no pasaba por el estudio. Me había alquilado un estudio en Tres Sargentos y podía caminar a todos lados. A la noche, como no tenía ganas de ver a nadie, empecé a putanear, pero sólo para tener una presencia, alguien con quien chupar. Una mañana me desperté con una resaca horrible en un hotel miserable de Reconquista. La tipa me había limpiado la billetera, un cinturón de Gucci y una Montblanc. Tenía una pinta horrible. Me lavé la cara y bajé a tomar un café. ¿Querés otro whisky? Esperá que pido más hielo.

—Sí, gracias. Te acepto otro. Me gusta mucho. ¿Qué marca es?

—Es un *single malt*, Macallan. Me encanta. Desde que lo descubrí, sólo tomo éste. Se acabó, ahí tenés el último trago. No te preocupes que llevo otra petaca en el maletín. Bueno, si no te importa, sigo. Estaba en el café. ¿Viste que Cancillería está ahí nomás? Bajé así, como estaba, sin pensar que podía encontrarme con alguien conocido. Tenía una pinta deplorable. Sin afeitar, me había quedado dormido con la ropa puesta. El mozo me trajo el diario *Clarín,* así como si fuese un habitué. El ruido del tráfico y el entrar y salir de personas me sirvió para volver lentamente a la realidad. Estaba tan resacoso, incómodo por no haberme bañado. Yo siempre he sido un tipo optimista, en general me atrevería a decir un tipo alegre, pero esa mañana había caído bien bajo y te juro que no es una metáfora. De la vidriera pasé a los titulares del diario. No recuerdo qué escándalo político ocupaba la tapa esa mañana, pero mecánicamente empecé a correr las hojas, una por una, haciéndolo durar hasta que llegué a la contratapa. Era como si después de la contratapa no fuera a haber nada más para hacer sino levantarse y caminar lentamente hasta mi bulo y tirarme a dormir. Acomodé las páginas, bien alineadas, y les eché una última mirada a los chistes. Yo no soy de leer *Clarín*, pero bueno, a Fontanarrosa lo conocía, sabía quién era. Por alguna razón que no recuerdo ahora, me puse a mirar el chiste. No termino de leerlo cuando escucho:

—¿Qué dice Fontanarrosa? —Era el Colorado Donovan.

—¿Qué hacés aquí? —le digo.

—¿Cómo qué hago aquí? Trabajo en Cancillería, *¿remember?* Vengo a tomar el café de las diez y media.

¿Viste cómo andan los diplomáticos? Siempre perfectos, elegantes, siempre como si estuvieran a punto de ser recibidos por la reina de Inglaterra. El Colorado es primo segundo, por el lado de mamá. Un buen tipo, medio boludo, superficial, nunca se mojaría el culo por nadie, pero, dentro de sus posibilidades, buen tipo. Hizo carrera. Creo que ya es embajador, pero claro, embajador cuando está en el exterior, en una embajada, porque en Buenos Aires es un funcionario más, que se pasa tomando café en el Florida Garden, que se queja del sueldo, de que fulano en la jerarquía no le da la bola que él se merece, etcétera. La mujer es insoportable, muy pretenciosa, afectada. En fin, el tipo se me instala. Contento de haber encontrado a alguien conocido a media mañana para compartir un café.

—Hace tiempo que quería hablarte —me dice. Yo me sorprendo un poco porque aparte de algún cumpleaños de parientes, de algún entierro familiar, no nos vemos nunca—. Ya sé que no es asunto mío, pero después de que me enteré de tu separación y de tu *faux-pas* con esa chica, pensé que debía contarte. Me parecía que no era justo que, después de todo, tus hijos te miraran mal —dice el Colorado. Yo estaba anonadado. La resaca se me esfumó del cuerpo de repente. Me enderecé en la silla.

—¿De qué me estás hablando, Colorado?

—Esperá. Vamos por partes. Vos sabés que la tía Chichita tiene un campo al lado del de tu suegro en Tandil. Como Chichita no tiene hijos se encariñó con los míos y los de mi hermano. Por suerte, porque con lo que sale veranear en Punta del Este, no hay plata que alcance. Bueno, el asunto es que los últimos tres años desde que volvimos de Bulgaria, pasamos desde Navidad hasta fines de febrero en La Elvira. Viste cómo es: el campo es barato pero bastante aburrido. Mi mujer siempre se consigue a alguien que la invite a una casa en Pinamar o en Uruguay, pero yo prefiero quedarme con los chicos. Además no podría dejarle los chicos a Chichita y rajarme. Como te venía diciendo, las noches de verano son largas, en la TV no hay nada porque no llega el cable y nos sentamos en la galería a tomar gin-tonic y a charlar. Viste cómo le gusta el gin-tonic a Chichita. El gin-tonic y los chismes. Como nunca ha hecho nada en la vida, se interesa por la vida de todo el mundo. Vida y obra. Sabe quién anda con quién. La vieja es divertida. Es un poco como leer la revista *Hola,* pero además tiene humor. Fue así que una noche me preguntó cómo andabas vos. Si te había visto recientemente. Le dije que no, que nos cruzábamos en el Club muy de vez en cuando y lo de siempre, las fiestas familiares. ¡Ah!, recuerdo que le dije que te había visto sentado una tarde en un banco de la plaza San Martín, con cara melancólica. Estaba muy apurado. Te juro, hubiera querido pararme un rato a charlar, pero me esperaba una reunión en Cancillería.

—Y claro, con esa mujer, como para que no esté triste el pobre Eusebio —dijo Chichita.

—¿Cuál de ellas? —le digo yo.

—Clara, la de Sorondo, la hija de mi vecino. Te habrás enterado del escándalo que armó cuando Eusebio se separó y se fue a vivir con esa chica. Bueno, ella tenía un fato con uno de los petiseros de su hermano Alfredo. Hace cinco años que se ven casi todos los fines de semana. Todo el mundo lo sabe. Y, como siempre, la persona interesada ni se daba por enterada. Cuando Eusebio se fue de la casa, Clara puso el grito en el cielo y dicen que nunca más quiso verlo al otro tipo. El que a hierro mata a hierro muere.

—Te podés figurar que cuando te vi recién con esta facha, dije: "Tengo que decirle. No puede seguir así el pobre tipo".

Por el altoparlante anunciaron la salida del vuelo de American Airlines a Buenos Aires. Fernando apenas le había dado un par de mordiscos al sándwich insípido de algo que se parecía al jamón y algo que se parecía al queso. Terminó el whisky de un sorbo. Eusebio le ofreció otro y Fernando aceptó:

—Un dedo nada más.

—Te va a venir bien para dormir —dijo Eusebio—. Te imaginarás que de repente mi vida había dado un vuelco. Todos esos meses había penado, sintiéndome un miserable y un idiota, y bueno, idiota era, pero por otras razones. Había sido cornudo por cinco años y cuando me enamoré de esa pendeja y quise hacer las cosas honestamente, me fue como el orto. En fin, me divorcié, me compré un regio departamento y vivo solo, pero he vuelto a ser el de antes. No sé por qué te conté esta historia. Quizá porque te vi un poco alicaído, melancólico… ¿mal de amores, tal vez?

—Bueno, ya que estamos en tema, debo confesarte que estoy un poco confundido…

—American Airlines anuncia la salida de su vuelo 955 con destino a Buenos Aires. Se ruega a los señores pasajeros que se dirijan a la puerta 22.

—¿Dónde te sentás? Yo tengo fila 17 —dijo Eusebio.

—Estoy adelante, en *Business*. Pero veámonos en Buenos Aires.

Te voy a llamar y comemos un bife la semana que viene —dijo Fernando con la conciencia de que eso nunca iba a ocurrir.

Durante el trayecto en taxi al aeropuerto, Fernando había soñado con dormirse ni bien se hubiese instalado en la butaca del avión, pero con el retraso, el whisky, la charla de Eusebio, el sueño había quedado relegado. Cuando la azafata le ofreció un trago, pidió agua mineral porque ya había ingerido más de la cuenta y el alcohol lo deshidrataba. Se puso el antifaz y los tapones de oídos especiales que se había comprado cuando descubrió que gran parte del *jet-lag* derivaba del zumbido del avión, e intentó dormir. Eran las tres de la madrugada cuando apagaron las luces. El relato de Eusebio lo había atrapado de tal forma, lo había transportado a un nivel de receptividad, que le produjo mucha frustración no poder contar también él su historia. Dos horas después, aún seguía despierto. Se quitó el antifaz y se puso a hojear las revistas del avión. De repente se levantó y, corriendo la cortina, pasó a la sección Turista. Avanzó hasta la fila 17. Eusebio estaba profundamente dormido. Fernando siguió hasta el fondo, hasta los baños. Para disimular se metió en uno. Quiso hacer algo, se lavó la cara. Cuando salió, la azafata le preguntó si necesitaba algo.

—No, nada, gracias. Es que no puedo dormir.

—Sí, ya sé cómo es. Será por el retraso. Uno le promete al cuerpo un descanso y después hay cambio de planes y no se puede conciliar el sueño. ¿Le puedo ofrecer una manzanilla? Suena como el remedio de la abuela, pero le aseguro que funciona.

—Si usted lo dice, le acepto. Tomé bastante whisky mientras esperábamos y a veces el alcohol tiene el efecto contrario, ¿no?

—No le puedo decir porque sólo bebo un poco de vino blanco muy de vez en cuando. Enseguida le hago el té de manzanilla.

—Perdón, ¿de dónde es usted?

—De Nueva York. Del Bronx. ¿Y usted?

—Argentino, de Buenos Aires. Pero no le quiero dar charla, supongo que querrá dormir un poco.

—No se preocupe, estoy de guardia hasta las seis. A mis compañeros les toca dormir. ¿Quiere azúcar para el té?

—No, gracias. ¿Por qué habla tan bien español?

—Mi familia es cubana y en casa siempre hablamos. No es muy común. Aunque no lo sé. Hay cubanos de Miami que lo han perdido y hay cubanos de Chicago o de Nueva York que lo hablan bien.

—Tengo una gran amiga que también es de Cuba y también se crió en Nueva York. Es curioso: hace unos años, era como si Cuba no existiese para mí y de repente se ha convertido en una de las cosas más importantes de mi vida.

—¿Cuba o su amiga?

—No sé qué decirle. Ahora estoy un poco confundido. Realmente me encantaría viajar. Dicen que es un lugar maravilloso.

—Para ustedes los latinoamericanos es fácil entrar. Con pasaporte de Estados Unidos más complicado, hay que pedir permiso al Departamento del Tesoro y después sacar la visa en la Oficina de Intereses Cubanos en Washington. En el caso de mis padres o de gente que nació en la isla es eterno. Hay que planear todo con meses de anticipación.

—¿Usted ha viajado?

—Una sola vez hace varios años mi madre nos llevó, a mis hermanos y a mí, pero últimamente es muy difícil.

—Esta amiga cubana me ha hecho despertar una simpatía enorme por todo lo cubano, bueno, supongo que suele suceder cuando uno está enamorado.

—¡Ay! ¡Ay! ¡Ay! Así que enamorado de una cubanita. Pero tú eres casado, ¿no?

—¿Por qué, se me nota?

—Pues claro, chico. *All over.* Pero no importa. Hay mujeres que nunca se meterían con un tipo casado. A mí, personalmente, me da igual. Cuéntame, cuéntame.

—Bueno, no sé si hay mucho para contar. Ella está casada y felizmente casada, según dice. La verdad es que no entiendo nada. Estoy muy confundido.

—Esto se pone divertido, chico. Perdona, pero las historias de amor me enloquecen. ¿Cuánto tiempo llevan juntos?

—Es que nunca estuvimos juntos.

—Es una forma de decir.

—Un par de años, no, menos. Ya ni lo sé. Es que ella vive en París y yo en Buenos Aires.

—Entonces sí que están jodidos. En mi tierra dicen "amor de lejos, amor de pendejos". Con perdón, pero es una situación com-pli-ca-da.

—No sé por qué te estoy contando todo esto, yo debería estar durmiendo —dice Fernando pasándose una mano por el pelo. Se aflojó la corbata y se desabrochó el botón del cuello—. Ya que estamos en el baile, te voy a contar... Lo más complejo de este romance es que tenemos... vamos por dos caminos muy distintos. Yo, por mi lado, tengo cincuenta y tres años y veinticinco de casado, tres hijos y una mujer que es una persona estupenda pero hace tiempo que llevamos vidas separadas: vivimos en la misma casa, dormimos en la misma cama, en fin, uno se puede imaginar la soledad. Mi cubana tiene cuarenta y tres, dos hijas y un marido con quien se lleva muy bien. El romance empezó en Buenos Aires, después ella se mudó a París. Nadie habla de separación: ella dice que quiere mucho a su marido, aunque de ninguna manera desea cortar la comunicación. Yo la quiero muchísimo. No sé qué hacer.

—Está clarísimo: ella te ama, pero quiere tenerte de amante. Deberías entender que para una mujer de su edad es muy difícil jugarse la vida a la ruleta. Seguro que las hijas son aún pequeñas y por más que te adore, es lógico que no quiera arriesgar todo por un futuro totalmente incierto. Tu caso es distinto: tus hijos son grandes, parece que has cumplido un ciclo y estás disponible. Ella no.

—Así que no me das ninguna esperanza.

—No dije eso. Lo que ella quiere ya tú lo sabes. El que no sabe lo que quiere eres tú. O por lo menos no sabes si quieres seguir de amante o no verla nunca más. No me sorprende. Los hombres nunca saben qué coño quieren. Es curioso, los que saben lo que quieren, por lo general salvo contadas excepciones, son aburridos, y los indecisos son sabrosos, pero es muy duro lidiar con ellos. Tenía un novio chileno que firmaba Enrique el Incierto. Un poeta, un tipo delicioso, pero mira, coño, no pude con él.

—Sí, es verdad. Es que todo ha sido tan intenso que aún no he podido ponerme a pensar. No. Mentira, lo he pensado muchísimas veces y siempre vuelvo a la misma cosa: estoy convencido de que ella me quiere mucho. Cada vez que intento pensar que esta historia no tiene gollete, que es un absurdo total, me atrapa esa sensación a través de un recuerdo de algo que ella ha hecho o dicho. Y te juro que para mí no es poco saber que ella siente de esa forma.

—Pero eso no quiere decir nada: no es suficiente. ¡Tú lo deberías saber después de veinticinco años de casado!

—Perdoname, ¡estoy agotado! Me parece que voy a tratar de dormir un rato. Falta ya poco para que lleguemos, ¿no? Gracias por la charla.

—Por nada. Aún tenemos unas horas, así que intenta dormir un poco. Suerte con todo.

Fernando se despidió. Por más que sintiera cierta inquietud, la posibilidad de hablar y la calidez de la mujer le habían atenuado un poco la angustia que había surgido intermitentemente desde que escuchó la voz de Aurelia en el teléfono. Volvió a su asiento y, ni bien apoyó la cabeza, se quedó frito. Cuando ofrecieron el desayuno la azafata lo vio tan acomodado en el sueño que no lo molestó. Se despertó cuando estaban a punto de aterrizar.

La primavera en París es húmeda, con chaparrones aislados, y nunca se sabe si llevar o no impermeable porque el tiempo es muy inestable. Al poco tiempo de llegar de Buenos Aires, Aurelia había pensado alquilarse un cuarto para escribir. Pero surgieron otras prioridades, los miles de requerimientos del resto de la familia, y sus necesidades fueron postergadas. Después tuvo que lidiar con los nuevos contactos. Una composición de lugar, indispensable para poder trabajar con fluidez. Tuvo la visita del presidente de Venezuela y todas las circunstancias que acompañan ese tipo de evento. Finalmente pudo ocuparse de lo suyo: después de mucho buscar, consiguió un lugar pequeño: un quinto piso sin escalera, detrás de Saint Julien-le-Pauvre, a pocas cuadras del Boulevard Saint Michel. Hacía tiempo que quería encontrar ese espacio propio, el cuarto del que habla Virginia Woolf, y por más que en otras ciudades lo había intentado en su casa como también en la oficina del diario, la sensación que tuvo cuando cerró la puerta y se sentó frente a la computadora fue que se había regalado algo imperiosamente irreemplazable. ¡Cómo no lo hice antes!, pensó.

El primer impulso fue llamar a alguien como Blanquita o incluso a Fernando, pero enseguida se dio cuenta de que le iba a llevar demasiado tiempo explicar, y que la razón de su felicidad estaba demasiado ligada a una necesidad de ponerse a producir, más que regodearse con el logro. Sabía que su madre y sus hermanas ya descubrirían su escondrijo y aunque estaba consciente de la imposibilidad de mantenerlo secreto, tampoco iba a publicitarlo. Incluso, cuando instaló una línea de teléfono, más que nada para poder usar Internet, pidió no figurar en la guía.

El departamento donde vivía con su familia estaba en Passy, en el XVI, y todos los días después de tomar el desayuno con su marido y acompañar a las niñas al colegio, se subía al metro y llegaba a lo que pasó a llamarse su atelier. Disponía de la mañana prácticamente libre a menos que algún incidente grave requiriese de su presencia. Así lograba pasar tres horas al día rescribiendo las crónicas de su libro. Agregaba y elaboraba los detalles que tenía en su libreta de apuntes, a los que en el momento de su publicación como artículos no había sabido encontrarles lugar. Como consiguió un contrato para que el libro saliera también en inglés tuvo que armar dos libros distintos: uno para los gringos, más didáctico, y el otro más jugoso, con los guiños y los sobreentendidos.

Por las cinco horas de diferencia entre París y Caracas podía llegar a la oficina a la una de la tarde después de haber comido en el atelier un sándwich que se llevaba de casa. Se había comprado una hornalla eléctrica y allí hacía su buen café. Tomaba una taza a media mañana y otra después del almuerzo. El baño quedaba afuera subiendo o bajando medio piso. Poco a poco fue agregando cosas. Con la excusa de que podía servir como alojamiento para amigos o parientes de paso, compró un sofá-cama usado. Agregó tres palmeritas, una alfombra marroquí y un aparato para escuchar discos compactos porque no podía escribir sin fondo musical. Ponía repetidamente a Bola de Nieve, Chucho Valdés, La India, también Cole Porter, Bill Evans y Chet Baker.

Hacía veinte años que escribía un diario donde, por más que nadie lo leyera, nunca se permitía registrar la totalidad de sus pensamientos, ni la intensidad de sus fantasías. Fernando, por ejemplo, aparecía intermitentemente, de esa forma en que ella lo había dibujado. Era la figura del amigo, del gran amigo, un amigo que si alguien se tomaba el trabajo de analizar, no se entendía bien qué es lo que tenía en común con ella: por lo menos para ser su amigo. Nadie se tomaba ese trabajo; y no era porque su marido no la quisiera, sino que su modo de observarla no incluía el detenerse en las pequeñas cosas. Y Fernando formaba parte de aquellos detalles que la hacían feliz.

"Tal vez sea porque Fernando me presta una atención particular. Y es la escritora que hay en mí que aprecia ese aspecto de nuestras vidas, esa coincidencia de apreciaciones, para decirlo de alguna manera. Hay un detalle que puede servir de ejemplo: en la entrepierna, tengo un rectángulo de piel de una textura completamente distinta del resto: el único hombre que lo pudo percibir es Fernando. Y como ésa hay innumerables instancias en que él me ha logrado ver desde un lugar que nadie lo hizo antes. Es la escritora que hay en mí que registra cómo situaciones como ésta pasan desapercibidas en la mayoría de los casos", anotaba en su diario.

Aurelia hacía un esfuerzo para restarles importancia a sus sentimientos hacia Fernando, con el grado de ambigüedad que eso provocaba en ambos y de inquietud que le generaba a él, como la carta de la reina del cuento de Poe: pese a que estaba a la vista de todos, nadie le prestaba ninguna atención. Hasta en la soledad de su propio diario Aurelia se censuraba: en cambio le escribía en su computadora larguísimas cartas que nunca enviaba. En esas cartas le hablaba de amor como nunca le había hablado a ningún otro hombre, y pese a que no estaba ciega y a que percibía claramente las características externas de Fernando como bastante planas y poco cautivadoras, en lo emocional lo sentía un par, por su dulzura y su orfandad, alguien con quien podría elevarse y despegarse de lo cotidiano. Así se emocionó cuando le volvió el recuerdo de Fernando secándole el pelo en aquella pensión de mala muerte y olvidada en un pueblo del Uruguay. Fue aquella mañana triste cuando le dijo que se mudaban a París. En realidad, las cartas, una de cada cinco, partían depuradas, sin todos los delirios que se le ocurrían frente a la pantalla. Soñaba con viajar con él a lugares exóticos. Era como si necesitara visitar cada uno de los sitios que aparecían en sus sueños.

Ella había viajado, ella había vivido varias historias, pero pese a sus ricas y variadas experiencias, aún no se sentía satisfecha. Todo en su vida tenía un aire de perfección inquietante: marido guapo, serio, trabajador, buen padre, cariñoso, muy poco machista; sus dos hijas estupendas a quienes les había dedicado mucha atención en los primeros años, y ahora casi por entrar en la adolescencia, se sentían seguras e independientes, más allá de la seguridad e independencia que su posición social les podía inocular.

Es verdad que cuando uno se cuestiona la vida una vez, por pequeña y tímida que sea la intención, no hay posibilidad de una vuelta atrás. Y Aurelia se había cuestionado desde su adolescencia. Había polemizado con su padre y sus hermanos, con los novios, los profesores, los empleadores, y no dejaba de hacerlo. Siempre había exigido combatir en igualdad de condiciones con los hombres y había sufrido mucho porque su padre favorecía a los varones de la familia. Su necesidad de autonomía los ponía muy incómodos, les hacía sentir que peligraba lo que era para ellos su natural liderazgo. La relación con su padre, ambigua y problemática: un *self-made man* que siempre le había provisto todos los elementos para una buena vida burguesa, también le había impuesto un modelo de hombre al que ella se había resistido, pero con el que invariablemente terminaba relacionándose. Ese hombre que respondía al mandato paterno nunca la satisfacía totalmente. Invertía una enorme energía en su estrategia batalladora que, aunque la consumía, al mismo tiempo le generaba entusiasmo. Se sentía agotada, insatisfecha, y a la vez con ganas de seguir adelante, y en los momentos de mayor euforia, se permitía imaginarse escribiendo una novela. Era curioso, porque a diferencia de muchas periodistas de su generación, con un *background* similar al suyo, que a esa altura de sus vidas ya habían logrado hacer el *switch*, con un resultado en algunos casos, como Cristina García, muy exitoso, ella todavía no se sentía preparada. Y no es que le faltaran ideas: le sobraban, sin embargo las innumerables actividades que juntas, paralelas y superpuestas, formaban su vida la mantenían tan ocupada, que no podía verse a sí misma sentada por un período determinado, escribiendo un texto largo que luego podría ser llamado, al cabo de trescientas páginas, una novela.

Llegó el verano europeo y Aurelia fue dos semanas con su familia a Mallorca. Se alojaron en el hotel Formentor, caminaron por el bosque y se bañaron en el mar. Se cansaron de comer pescado y frutos de mar. Los últimos días alquilaron un auto e hicieron excursiones a Palma y a Valdemosa, donde Chopin vivió su idilio con George Sand. A la vuelta, su marido partió con las niñas a Caracas para la visita anual que le hacía a su madre. El calor húmedo de París no afectaba mucho a Aurelia; compró un ventilador para su atelier, donde seguía trabajando por más que el departamento de Passy estuviera vacío. Llevaba un par de meses con un ritmo sostenido y lo que inicialmente parecía una simple rescritura de artículos viejos pronto se convirtió en un texto fuerte en el que su presencia muy sutilmente se imponía a la trama. En cada capítulo trataba algún aspecto de una ciudad latinoamericana que le había interesado, pero era ella quien, con una prosa elíptica, llevaba al lector de la mano por fuera y por dentro de las situaciones.

Cuando quería interrumpir su trabajo podía escaparse a Normandía, donde tenía dos opciones: si quería ir al mar, conocía gente elegante que generosamente abría su casa de Deauville para sus amigos expatriados; si quería ir al campo, un grupo de artistas, la mayoría sudamericanos, había copado las afueras del pueblito de Cambremer que queda a dos kilómetros de la ruta nacional N° 13 que va de París a Caen. Aunque se tomó sólo tres días, descubrió que alejarse más de un día de su escritorio le provocaba una enorme distracción que pagaba con varios días inútiles, yendo al cine, mirando televisión hasta la madrugada, frecuentando gente que, como ella, se había quedado en París con la esperanza de poder trabajar. Además, y tal vez lo que ella veía como más peligroso, y por lo que no repitió esa escapada a Normandía, cortar con la escritura, interrumpir el diálogo que mantenía con sus cuadernos de apuntes, significaba ponerse a pensar en Fernando, soñar con las innumerables posibilidades que le daba la imaginación.

Volvía a Passy, se daba una ducha y se sentaba a charlar por teléfono con una de sus hermanas o con alguna amiga: especialmente si había tenido un día de trabajo productivo, si había logrado cumplir con las tres páginas diarias que se había propuesto al principio del verano. Muchas veces no podía resistirse a hablar con alguien en Buenos Aires: la hacía sentir más cercana a Fernando. Quería escuchar cómo estaba el tiempo. Desde su calor húmedo se imaginaba el frío con cielo azul de Buenos Aires. Blanquita Bulnes se había mudado allí de Nueva York: su marido trabajaba para una multinacional distribuidora de cine. Una vez cada dos semanas se llamaban.

—No sabes cómo me falta Buenos Aires. ¿Qué tal el tiempo? ¿Hace mucho frío?

—Para nada. Está estupendo. ¿Cuándo vienes a visitarme?

—Me encantaría. Sabes que además, últimamente, extraño bastante. Pero no hay mucho que pueda hacer al respecto.

—¿Y tu libro? ¿Cómo anda eso?

—Sigo escribiendo muchísimo, chica. Me levanto antes de que suene el despertador, preparo café y salgo corriendo hacia el atelier. Retomo desde donde dejé el día anterior con una naturalidad como si toda la vida hubiera hecho nada más que esto. Tú sabes cómo siempre me ha costado un esfuerzo tremendo cualquier cosa que pase de una sola cuartilla cuando se trata de algo que no sea un artículo para el periódico. No puedo interrumpir porque cuando lo hago, caigo en el delirio, los sueños imposibles. Pero es muy loco, porque también después de una mañana o una tarde en que me levanto del escritorio satisfecha, siento la necesidad de compartirlo con alguien.

—¡Ay! Aurelia... pero ¿qué es lo que quieres?

—Hay días que tengo todo muy claro. Otros que no lo sé. No sabes lo feliz que me hace ver cómo acumulo página tras página. Lo que antes parecía una simple rescritura se ha convertido en un proyecto nuevo. Por suerte, los editores me han extendido el *deadline*. Les expliqué lo que estoy haciendo y dicen que va a funcionar mejor todavía que una simple colección de artículos.

—¡Qué bueno! Realmente, me alegro muchísimo por ti.

—¿Por qué no te vienes a París por quince días?

—Quizá pueda. Te llamo la semana que viene y te cuento.

Fernando, precioso, mi amor:

Ojalá pudieras sentarte y mandarme unas líneas cibernéticas, ¡no sabes el placer que es encender la computadora, abrir el programa de correo y ver tu nombre en el listado de mensajes! Hace tiempo que no sé nada de ti. Yo te mando estos mensajes sentimentales sin saber si llegan o no. Quizá sean botellas al mar, que llegan a otro destino.

En estos días estoy contenta. Escribo. Nunca antes había podido hacerlo así. Es curioso. Me contagio de mi misma euforia, es un proceso de autosugestión. Y funciona de maravilla. Tal vez sea en parte porque he logrado armarme este espacio propio, tal vez porque he estado sola por varios días sin interrupción. ¿Sabes lo difícil que es para una mujer lograr esto? No lo digo como reclamo, como si el mundo tuviese una deuda conmigo: es una simple constatación, muy realista. Para un hombre no es fácil de entender, incluso para ti que eres bastante abierto a lo que sienten las mujeres. Además una cosa es entenderlo como hombre y otra vivirlo en carne propia. Conseguir esto y mantenerlo, y que además la familia esté contenta y no se queje de que no le hago caso, no es nada fácil. En derecho laboral se llama "derechos adquiridos". Por desgracia, las mujeres no estamos amparadas por esta legislación. Me causa gracia, enseguida me pongo seria cuando toco este tema. Es serio. No hay vuelta que darle. *You bet!*

Me parece que por primera vez estoy escribiendo de una forma que me concierne directamente. Estoy metida de cuerpo y alma en lo que escribo, y a diferencia de la infinidad de artículos que he escrito en el pasado, esto se ha constituido en una inversión personal de la que nunca soñé ser capaz.

La atracción que me produce el escritorio logra calmar o anular la ansiedad que regularmente me empuja a salir a ver y a charlar con gente. Es una atracción tan fuerte que la mayoría de las veces es como que no me reconozco.

A ratos me distraigo, leo textos sueltos, memorias, diarios, te pienso. Aquí va algo del *Libro de cabecera* de Sei Shonagon, una mujer que vivía en la corte japonesa del siglo X. Me encanta porque es una serie de fragmentos, una especie de pensamiento en diagonal. Me parecen traducciones malas, pero de todos modos sirven para que entiendas el efecto que producen en mí. Los fragmentos llevan por título: "Cosas desagradables", "Cosas muy molestas" y así por el estilo.

Cuando una envía un poema, un kayeshi, a alguien y, luego de haberlo despachado, descubre que podía haber hecho alguna modificación —tan sólo un par de palabras— para mejorarlo.

Las citas secretas son lo ideal para el verano. Es verdad que las noches son terriblemente cortas y que antes de que una pueda pegar un ojo, amanece. Pero es una delicia tener las persianas abiertas, que la brisa fresca pueda entrar y poder ver el jardín. A la hora de despedirse y justo cuando los amantes están tratando de terminar con aquellas pequeñas cosas que se dicen a último momento, se sobresaltan por un ruido fuerte que oyen de afuera. Por un instante les entra el pánico de que han sido descubiertos; por suerte, resulta simplemente el grito de un cuervo que sobrevoló el jardín.

Por más que la escritura parezca un asunto corriente, normal, ¡qué cosa deliciosa es! Cuando nos encontramos en un lugar remoto del mundo y una está terriblemente preocupada de cómo ese hombre anda, cuando de repente aparece una carta, siente como si él estuviese en el cuarto con una. Es sorprendente. Y, extrañamente, volcar los propios pensamientos al papel, aunque una sepa que tal vez nunca lleguen al destinatario, representa un consuelo inmenso. Si la escritura no existiese, ¡qué depresiones tremendas sufriríamos! Si es un alivio poder volcar, de una vez por todas, las cosas que han estado pesando sobre la mente, con la idea vaga de que el hombre en cuestión pueda leer algún día lo que se ha escrito, no es una exageración decir que la llegada de la respuesta puede funcionar como un verdadero Elixir de la Vida.

Estas lecturas no son nada sistemáticas, abro en cualquier parte tanto el libro de Sei Shonagon, como el de Murasaki Shikibu —otra tigresa literaria de la edad media japonesa—, leo unas páginas, lo cierro y retomo mi asunto.

Tengo muchas ganas de pasar por Buenos Aires. Me gustaría sentarme a charlar contigo en el Florida Garden. Ya te contaré, si decido viajar. Te mando muchos besos,

Aurelia

Este año, las tres semanas que la familia estuvo en Caracas pasaron volando. O así le pareció a Aurelia. El tiempo no le alcanzaba y cuando volvieron tuvo que ocuparse de preparar las cosas de las chicas, porque comenzaban el colegio muy pronto. O así le pareció a Aurelia. Por suerte, su amiga Blanquita vino de Buenos Aires. No tenía hijos y quería mucho a las de Aurelia: les organizó programas, uno detrás del otro. Las llevaba a los museos, a Euro-Disney, a todos los sitios que normalmente le daban a Aurelia mucha pereza.

Las niñas la adoraban. Una tipa muy talentosa que había estudiado biología y trabajaba en un laboratorio de investigación. Era incansable: después de caminar con las chicas todo el día, volvió, se dio una ducha y le propuso salir.

—Vamos. Ahora me toca un poco de vida de adultos. Llévame a un buen restaurant.

Había refrescado, la noche estaba agradable para caminar. Después de unas cuadras, tomaron un taxi.

—¡No sé de dónde sacas tanta energía! ¿Adónde quieres ir?

—Acuérdate que soy turista. Vamos al Barrio Latino, ¿te parece?

—No. Ni loca. Conozco un restaurant en el Marais que te va a encantar.

—¿Y? ¿Cómo van las cosas?

—Bien. Estoy fascinada porque he logrado un ritmo desconocido para mí. Es obvio que ha surgido de la soledad. Estuve tres semanas sola y es impresionante cómo, al final del día, se acumulan las páginas. No sabes cómo te agradezco que lleves a las niñas de paseo.

—Claro, con tal de que a la noche podamos salir juntas y charlar...

—¿Cómo está tu marido?

—Bien. Ahora bien. ¿Te acuerdas que tuvimos un episodio hace tres meses?

—Sí. Quedaste en que me ibas a contar en detalle.

—Bueno. Tú lo conoces. Desde el momento en que pongo un pie en casa, muestra su cariño. Interrumpe lo que está haciendo, me da un beso y ofrece prepararme un té. Si no tenemos planes para salir, arma una comida estupenda con cualquier cosa que encuentra en la heladera, mientras escucha una ópera por la radio. Le gusta la radio. Cuando está en casa, se pasa todo el día escuchándola; yo, en cambio, prefiero poner un compact. Detesto el tono de la gente que habla por radio.

Jorge es un tipo muy prolijo y ordenado. Cada acto cotidiano es una ceremonia. La primera vez que nos acostamos, ¿sabes?, después de quitarse la ropa, la dobló y la acomodó en una silla, la mía y la de él. Yo lo esperaba muerta de frío debajo de las sábanas, empezando a dudar acerca de mi elección, a pensar cómo había llegado a ese punto.

Los domingos se levanta temprano para leer los diarios. Le encanta leer las noticias. A mí, esa costumbre me viene bárbaro, porque me permite dormir un par de horas más. Cuando por fin corre las cortinas y abre la ventana para dejar entrar el sol, es porque aparece con la bandeja del desayuno. Unas florcitas en una copa, jugo de naranja, yogur, dos tostadas y un café negro, todo como me gusta. Hablar, mucho no habla. Me deposita la bandeja con delicadeza y se va.

Una tarde volví de mi clase de aerobics más temprano. En el gimnasio se había roto la caldera y no había podido bañarme. Cuando sé que él está en casa, salgo sin llave. Toqué el timbre; estuve tocando un rato, hasta que por fin él me abrió. Me saludó de refilón, me largó la puerta en la nariz y se fue al cuarto. Lo encontré fumando un cigarro, lentamente, muy tranquilo, como él siempre hace las cosas; además estaba preparando una valija. Más que nada me sorprendió que fumara; hacía por lo menos cinco años que había dejado. Cerró la valijota grande y con mucho esfuerzo la bajó hasta la calle. Desde la ventana pude ver la foto congelada de mi marido que sin dar la más mínima explicación se subía con la valija a un taxi. A los cinco minutos de salir, sonó el teléfono.

—Hola, ¿qué tal? —dijo mi cuñado.

—Bueno, la verdad, no sé. ¿Me puedes decir qué está pasando? —le digo.

—¿Ya salió Jorge? —dijo él—. Estábamos por ir al cine y él no tiene llave. No queremos que despierte a todos cuando llegue.

—Acaba de tomarse un taxi —dije—. Salió cargando su maleta y con un cigarro en la mano. ¡Ah! Así que tú lo vas a alojar. ¿Tú también estás metido en este asunto?

—¿Qué asunto? ¿De qué hablás? No sé qué pasa. Llamó hace dos horas y preguntó si podía pasar unos días en casa.

Mi cuñado no estaba para ni media charla; no quería perderse el principio de la película. Cuando colgué el aparato, me di cuenta de que estaba sola. Asocié la voz de mi cuñado con la imagen de un grupo de amigos que sale a divertirse. Ni bien deposité el auricular, clavé la mirada en una foto grande en la que estábamos con Jorge, abrazados, sonrientes. Hacía mucho que no veía esa foto. Primero la apoyé boca abajo y fui al baño a hacer pipí. Cuando volví, la metí en un cajón.

Tenía una tremenda necesidad de hacer algo. Di una vuelta por la casa. Abrí y cerré puertas. Pensé en prepararme un café y fui a la cocina, aunque no sabía bien dónde están las cosas. Para simplificar decidí hacerme un té de saquito. Con la taza en la mano me instalé en el sofá del living a fumar un cigarro.

La ansiedad no me dio mucho tiempo sin levantar el teléfono. No contestaba nadie. Incluso te llamé a ti, Aurelia. ¡Qué mala cueva!, pensé. ¡Cada vez que una necesita a la gente, no encuentras a nadie! Tenía que salir a la calle, caminar, tomar aire. En cambio consideré darme una ducha. Todavía estaba con el equipo de gimnasia y el pelo revuelto, toda transpirada, desacomodada, molesta. Luego opté por un baño de inmersión para apaciguarme. Busqué el teléfono inalámbrico y me instalé en el agua caliente con una revista.

El baño de inmersión logra maravillas. Puse la espuma y los aceites como de costumbre, pero esta vez no me di cuenta de que necesitaba algo más. Estuve casi una hora, renovando el agua cada tanto, llamando sin conseguir a nadie útil. Por fin me resigné y salí del agua. Tenía la piel de las manos y de los pies fruncida. Cuando me agaché para agarrar la toalla y secarme, sentí un fuerte dolor en la espalda, como un arañazo que no afloja y cala hondo. Levanté la vista y allí estaba yo, con una cara desencajada en el espejo que Jorge había colocado detrás de la puerta del baño. Me impresioné por el contraste entre mi cara y mi cuerpo, aparentemente tan rozagante, fresco y comestible.

Me senté en el living a tomar un gin-tonic. Puse bien alto el último compact que me había comprado. Pronto decidí bajarlo porque no iba a escuchar el teléfono.

Cuando me puse de pie para mezclar otro gin-tonic, largué una risotada tonta y pensé que no sabía qué estaba haciendo un viernes a las once de la noche, sola, semidesnuda, semiborracha, esencialmente sola.

Como no había comido desde el mediodía, me hice un sándwich enorme y me senté a ver televisión. Bastante zapping hasta que terminé en un policial. Por fin me quedé dormida: cuando el teléfono sonó, la pantalla estaba gris y el sándwich sin comer.

Una mujer con voz de pito llamaba de la sala de emergencia de algún hospital que no me sonaba. Decía que Jorge había sufrido un accidente. Ellos no habían querido darle de alta, pero él había firmado y se había ido.

—¿Quiénes son *ellos*?

—Ellos, los médicos que lo operaron.

—¿Cómo? ¿Qué está diciendo? ¿Lo operaron?

—Bueno, no entró al quirófano. Fueron sólo unos puntos.

—¿Y por qué no me llamaron antes?

—Él no quiso molestarla —me dijo la mujer—, pero usté sabe, como lo vi un poco así...

—No entiendo qué me está tratando de decir, ¿estaba borracho?

—No, de ninguna manera, señora...

Segundos después la comunicación se cortó o la mujer cortó y no me pude enterar de nada más. Me incorporé y empecé por encender un poco de luces. Me miré en el espejo. Decidí quitarme las toallas húmedas y ponerme una bata. No tenía idea de la hora. En la cocina había un reloj digital sobre la heladera. Eran las cuatro y veintidós. La primera reacción fue llamar a mi cuñado:

—Perdóname, pero necesito saber: tu hermano, ¿está durmiendo ahí?

—Oíme, te das cuenta de la hora que es, ¿no podés llamar mañana?

—Es que hace un rato me avisaron que había tenido un accidente...

—Pero si cuando volvimos del cine estaba leyendo en la cama...

—¿No puede haber salido después?

—Si querés, me fijo —dijo mi cuñado y mientras esperaba, escuché las quejas de la mujer que decía: "Esto no puede ser. Tu familia me tiene harta. No es posible que llamen a cualquier hora". Ya sabes cómo es: mi concuñada siempre que tiene una oportunidad me hace pesar que no tengo hijos. Escuché el llanto de niños y a ella que decía: "Te das cuenta. Ahora me despertaron a los chicos".

—¿Seguís ahí?

—Sí, sí —dije.

—No entiendo, la cama está deshecha y él no está. Dejó una nota que dice "vuelvo enseguida".

—Vuelvo enseguida, ¿como ponen en las boutiques?

—Sí, como en las boutiques —dijo él, y la mujer le gritó que termináramos con la charla. Ésa era una casa de familia y las criaturas tenían que dormir.

—Bueno, che, no sé qué hacer, ya aparecerá.

—Sí; aparecerá. Cualquier cosa avísame. Chau —le dije y colgué.

Decidí que iba a salir. Eso me levantó un poco el ánimo. Busqué un corpiño y una bombacha negra. Terminé de secarme el pelo, me peiné y mientras me pintaba los ojos terminé de animarme. Me puse un vestido de algodón liviano. Me enfundé en mi impermeable, me calcé un sombrero de hombre, enfilé hacia la puerta. Toda la noche había llovido mucho, pero cuando llegué a la calle había escampado. Estaba mojada y los pocos autos que quedaban a esas horas circulaban sigilosamente. Sólo se oía el ruido de mis tacos sobre las baldosas. Caminé cuatro cuadras en una dirección y tres en otra hasta dar con un bar abierto. Me senté junto a la ventana y pedí un café corto y un cognac.

—¡Cretino! —dije en voz alta.

—¿Cómo dijo, señora?

—No. No es con usted.

—¿Y con quién es si no es conmigo? —dijo el mozo con cara de ofendido.

—No molestés a la señora, querés —dijo un buen mozón con voz de dueño.

—No, no es nada, no me molestaba. —Le sonreí y saqué un pucho para que me diera fuego y eventualmente se me sentara al lado—. ¡Qué noche horrible!

—Sí, la verdad es que no podía ser peor —dijo el tipo—. Pero por lo menos dejó de llover.

—Recién salgo, me quedé dormida mirando tele. Necesitaba un trago.

—¿Querés otro cognac?

—Bueno. Sí, creo que me vendría bien otro.

—Cacho, traete el cognac ese que tengo debajo de la caja. No, ése no, el otro, el franchute. A mí también me encanta el cognac, o brandy, que le dicen los gallegos, ¿no? Cuando era marino, tomaba sólo Fundador de Domecq.

—En casa tengo Fundador. Mi hermano me dijo una vez que era el más rasca de todos, pero a mí siempre me gustó. Hacía mucho que no conocía a alguien que tomara Fundador.

—¿Querés Fundador? Aquí tenemos de todo.

—No, no importa. La verdad es que me da lo mismo.

Lo ayudé a terminar la media botella que quedaba y a eso de las seis, cuando llegaron los mozos de la mañana, me levanté para irme. En la puerta me quité un zapato haciendo ver que había algo que me molestaba y para darle tiempo al tipo para que saliera. No era el dueño sino el encargado de la noche, y como él vivía lejos, decidimos ir a mi casa.

Abrí la puerta, lo hice sentar en el living y me metí en el baño para lavarme la cara y despabilarme un poco. No estaba mareada, pero haber traído un desconocido a casa me dio un poco de pánico. Se ve que al tipo le gustaba la música del Caribe; cuando salí del baño había puesto un compact de cumbia.

—¿Dónde habíamos dejado? —dije y ahí nomás en el sofá del living nos empezamos a revolcar. El tipo resultó un dulce, por más que ejerciera ese aire de morochón, de macho latino. Me dormí enseguida.

A las tres de la tarde llamó mi suegra preguntando por su hijo. No pude darle precisiones. Le dije que seguramente lo encontraría en la oficina el lunes. Mientras hablaba con ella, o más bien mientras escuchaba un asunto de cortinados nuevos, pasaba el dedo por una espalda fornida que encontré a mi lado al despertar. Después el tipo salió a comprar facturas y tomamos un estupendo desayuno a las cuatro y media de la tarde. Cuando se fue, por suerte no me pidió el teléfono.

—¿Y Jorge? ¿Qué le había pasado?

—Me pidió disculpas. Dijo que había sentido mucha necesidad de alejarse de casa. En fin, no quise hacer muchas preguntas. La verdad es que volvió hecho una seda.

—Pero si siempre fue una seda.

—Sí, es cierto. ¿Y tú qué tal?

—Yo bien. Ya te dije, fascinada con mi ritmo de escritura. Aquí me ves.

—Sí, ya sé. Pero ¿de tu otro asunto?

—¿Qué otro asunto?

—¡Vamos, chiquilla! Me lo contó un pajarito.

—¡Pepón te contó! Le dije que no abriera la boca. ¡Lo voy a matar!

—No es culpa suya. Yo me puse a escarbar y al final no supo resistirse.

—¡Qué horror! ¿Y quién más sabe?

—Nadie más. Te juro.

—Por favor, menos se habla de estas cosas, mejor es. Además sabes cómo le gustan los chismes a todo el mundo.

—La verdad es que no me contó casi nada, pero cuando hablamos de ti, me acordé de la noche en que

Pepón te hizo la despedida y cómo tú y ese tipo que luego resultó ser Fernando desaparecieron y cada vez que salía a la terraza, los veía a los arrumacos.

—¡Esa noche estaba borrachísima!

—Sí, me lo imaginé. Y cuéntame, desde que te fuiste de Buenos Aires, ¿se escriben y se hablan?

—Desde entonces, Fernando se ha estado haciendo el duro. Me llama muy de vez en cuando. Casi no me contesta los e-mails. Es necesario que nos veamos pronto...

—¿Cuándo vienes a Buenos Aires?

—Voy a ver cómo hago. Tengo que inventar una excusa para que pueda escribir varios artículos. Le propuse a mi jefe una entrevista a la Graciela Fernández Meijide, otra a Bioy Casares. ¿Cómo anda?

—No tengo idea.

—Conozco a un tipo que trabaja en *Clarín* y le voy a pedir si me arregla una cita con Bioy. Pero antes quiero terminar este libro. Necesito dos meses más. Cuando las niñas comiencen el colegio, ya voy a retomar mi ritmo de trabajo. Lo malo es que en el otoño voy a tener más faena en el periódico. Me habían prometido que mandaban a alguien para que me ayudara de ahora hasta fin de año.

Querida Aurelia:

Anoche tuve que ir a buscar unas recetas a San Telmo, a la casa del médico que se ocupa de mi madre. No sé si te conté, hace tiempo que no te escribo en detalle, a Mamama le volvió el cáncer. Le están haciendo quimioterapia y rayos, pero el médico no le da más de seis meses. Yo soy el que más se ocupa de ella y el primero al que ella llama. Te imaginarás qué meses estoy pasando. La pobre vieja se está debilitando día a día y cada vez son menos las cosas que puede hacer sola. Ya no puede sentarse a la mesa, pero siempre insiste en que le sirvan el almuerzo en el comedor. Al rato, cuando ya no aguanta el dolor, hay que acompañarla a la cama. La enfermera le pone la inyección de morfina y entonces puede sentarse y tejer una batita para el nieto tucumano que espera.

A la vuelta, en vez de tomar un taxi inmediatamente, me propuse hacer unas cuadras a pie. Te vas a reír porque yo decía que San Telmo es un barrio para turistas, pero era una espléndida noche de invierno para caminar. El cielo estaba impecable. La luna enorme enseguida me hizo pensar en vos y en lo que hubieras disfrutado de este paseo. Como sabés, nada del otro mundo, nada que se pueda comparar a cualquier barrio elegante. Un encanto modesto. Las calles, como siempre, un poco sucias, con bolsas de residuos sin recoger, los edificios descuidados, supongo que te acordás cómo es esto. Bueno, me hizo olvidar de la melancolía por un rato y me llenó el cuerpo de una *saudade* inmensa. Ya sé que te puede sonar a tango. Recorrer estas calles que vos habías recorrido, imaginarme tu risa y tus comentarios, de repente me hizo volver a aquella noche cuando, después de las caipirinhas en la casa de tu amigo Pepón, salimos caminando hasta aquel pequeño restaurant francés. Me acuerdo que yo estaba preocupado por dónde estacionar el auto, y aunque no dijiste nada, me di cuenta de que para vos en ese momento no había nada más ridículo en el mundo que ocuparse de un simple automóvil.

Anoche tenía ganas de venir corriendo a la oficina y escribirte, para no perder el impulso. Pensé en Mamama y volví a la imperiosa realidad: debía pasar a ver cómo estaba, si necesitaba alguno de los remedios. Lo primero que hice ni bien llegué a la oficina esta mañana fue escribirte. Son varios meses que simplemente acuso recibo de tus e-mails. Estoy viviendo una época muy confusa: por un lado quiero olvidarte, no saber más nada de vos, cerrar este capítulo. Por otro, siento que sos lo mejor que me ha pasado en mucho tiempo, quizá la mujer que más me ha tocado en la vida. Y entonces, paso los días revisando la película que vivimos juntos para recordar cada momento. Leo y releo tus e-mails y claro, por más que inicialmente me dan placer, después siento el vacío espeluznante de tu ausencia.

¿Cómo anda la escritura de tu libro? ¿Cuándo lo pensás terminar? Hace un mes encontré aquella lista de títulos que me habías dado "para ponerme al día" en el rubro literatura contemporánea. Pasé por El Ateneo de Florida y me compré tres. Para empezar. *Santa Evita*, los cuentos de Rulfo y *La invención de la soledad* de Auster. Ya leí los cuentos. Muy interesantes.

¿Tenés algún plan de viajar a Sudamérica? El próximo año, tal vez viaje a Europa con Julito, mi hijo menor. Si se recibe de bachiller, como premio quería regalarle un viaje. Una semana conmigo y después tres con unos amigos que han organizado un itinerario "cultural", dicen. Tal vez sea la oportunidad de visitar París que, como bien sabés, no conozco. Por supuesto que todo está pendiente de cómo evolucionen las cosas con Mamama. Cada vez que planifico un viaje, aunque sea de dos días, es un drama. Y la entiendo. Tiene terror de no poder despedirse de mí. En fin, tiempos sombríos. Por favor, no dejes de mantenerme al tanto de tus cosas. Te quiero mucho,

Fernando

Fernando, mi amor:

Por más que digan que la ausencia es causa de olvido, yo juro que no es verdad. Tu carta me dejó triste y fascinada al mismo tiempo. No sabía nada de lo de tu madre. Recuerdo que me has hablado mucho de ella y por más que no tuvieran mucho diálogo, ella se había apoyado en ti durante los años duros después de la muerte de tu padre. Me hizo pensar enseguida en mis viejitos, que uno siempre cree que estarán allí y un día, de repente, les llega un cáncer o algo así de feo y se los lleva. Por suerte ellos están muy bien, se pondrían fúricos si supieran que les digo viejitos. Antes de empezar esta carta, pensando en tu madre, me dieron ganas de hablar con ellos. Llamé y hablé con mi mamá: siempre reclama las nietas. Le tuve que prometer que se las llevaría pronto.

Es impresionante cómo uno pierde el contacto: hablamos de los niños, de los hermanos, se cuenta que hacen esto o aquello, pero no recuerdo la última vez que me senté a charlar de mis cosas y las suyas con mi madre. ¡Ya ni siquiera sé cuáles son sus cosas! ¡Qué horror! Se nos va la vida, Fernando, y lo peor es que no nos damos cuenta...

No conocía esta vena lírica tuya y realmente me enterneció mucho volver a recordarte tal como siempre fuiste para mí, un hombre dulce y sensible, y te juro que deberías estar encantado de ese aspecto de tu personalidad. Fernando, créeme, conozco mucho a los hombres y, en su gran mayoría, son muy rígidos, no se permiten nada que huela a lo que para ellos es debilidad. Aquella noche, la primera que salimos, cuando ya cansados de contarnos las vidas nos recostamos en el sofá de casa y tú lloraste en mis brazos, te juro que nunca la olvidaré. Ahora que lo recuerdo siento un estremecimiento.

Tu mención de nuestra noche en San Telmo me llena también de *saudades*. Pero el lugar más importante lo ocupa el paseo por el Delta. Todavía tengo absolutamente nítida aquella lancha y tú abrazándome en el banco de popa y luego la siesta tan deseada. Sólo pensar en ello me da unos escalofríos tremendos...

Mira que yo he vivido en muchos sitios, pero Buenos Aires me ha dejado una marca muy fuerte. Aunque ahora estoy pasando un excelente momento con mi escritura, tengo una relación un tanto distante con París. No es por nada en especial, he hecho buenos amigos, la familia está bien, sin embargo extraño mucho los años de Buenos Aires. Me falta algo que no sé qué es. Es cierto que yo siempre idealizo enormemente los lugares del pasado, además... eres tú quien atraviesa esos recuerdos, tú con tu aire de timidez y de incertidumbre. Bueno, chico, ánimo con este mal momento, trata de estar el mayor tiempo posible con tu mami, nunca te arrepentirás. Tengo trabajo ahora. Te mando un beso grande y no me abandones. Sigamos en contacto cibernético. Te quiero mucho y pienso siempre en ti,

Aurelia

La madre de Fernando murió exactamente a las seis de la mañana de un miércoles de octubre (alrededor de la misma hora del mismo día en que había muerto su padre treinta años antes). El sábado anterior parecía que el fin estaba cerca, pero cuando vino el médico y le dio una dosis de morfina muy superior a la que venía tomando, su estado volvió a la normalidad, es decir, aquella normalidad a la que se habían acostumbrado en los últimos dos meses.

El dolor en la pleura, la tos, la fiebre y las complicaciones que surgen cuando el organismo se desploma como una reacción en cadena, se le fueron agregando a aquel dolor inhumano, imposible de describir, con el que ella había convivido los seis meses anteriores. Por instantes podía abrir los ojos —la luz le hacía doler— para descubrir quién estaba en la habitación, pero la mayor parte del tiempo lo pasaba adormilada o haciéndose la dormida para evitar cualquier pregunta.

Tenía setenta y dos años, y hasta la operación, había jugado al tenis dos veces por semana, trabajado medio día en un negocio de decoración, recolectado fondos para el Hospital de Niños, y había llevado una intensa vida social. Sin embargo, una angustia intermitente la había perseguido desde 1973; luego del primer hachazo, como todos los sobrevivientes de cáncer, nunca supo cuánto tiempo de vida le quedaba. En aquella oportunidad le habían quitado un tumor de su pecho izquierdo, y para mayor seguridad, le realizaron una mastectomía.

Nueve meses antes, cuando fue para el chequeo que se hacía dos veces al año, el médico descubrió unas manchas oscuras en los rayos equis del pulmón izquierdo y recomendó una biopsia. El día indicado, ella insistió en que quería ir sola. La operación fue larga. Fernando llegó en las primeras horas de la tarde y esperó en el corredor hasta que salió el cirujano con el veredicto: metástasis. Después de veinte años el muy hijo de puta había vuelto. Cuando Fernando le hizo la pregunta de rigor, el cirujano dijo que tenía seis meses. A lo sumo.

Después de la biopsia, la familia y los amigos decidieron que quizás era mejor no contarle la verdad, es decir, no hablar de la verdad. Le pidieron al médico que le dijera que tenía fibrosis pulmonar. Aceptó la mentira, pero nunca la creyó: de repente había perdido toda su energía. Un día jugó al tenis dos horas. Al día siguiente, estaba tirada sobre una cama de terapia intensiva. Si todo salía bien, tenía planeado redecorar su departamento. "Voy a tirar la casa por la ventana", había dicho una semana antes.

Una semana después la llevaron a la casa. Para facilitar el trabajo de las enfermeras, Fernando alquiló una cama ortopédica. El breve viaje de la cama vieja a la nueva fue un tormento: con la enfermera, la levantaron usando la sábana y la loneta que protegía el colchón, y el dolor se le vio en el rostro hasta unos minutos después de que la depositaron.

Las tías de Fernando, es decir, las hermanas de Mamama, entraban y salían. Cinco mujeres de mediana edad esperaban que la mayor se fuera. Tomaban café y fumaban en el hall junto a la habitación de la enferma. Un par de ellas, que no la habían visitado hacía ya muchos años, se dedicaban a recorrer el departamento y curioseaban mirando tal o cual cosa. Hablaban de recuerdos de infancia o de adolescencia, de esta o aquella oportunidad perdida.

Hasta pocos días antes, Mamama exigía que la maquillaran y peinaran cada vez que sabía que una de sus hermanas vendría a visitarla. A Mamama Grande, la abuela de Fernando, nunca la quisieron llevar. Pensaban que a sus noventa y más años se iba a disgustar mucho al ver a su hija mayor así, aquella que no había criado, aquella a quien siempre había visto muy de vez en cuando.

Con la excepción de una, con quien en los últimos años había compartido la dedicación a los perros y a las plantas, Mamama nunca había tenido una relación íntima con sus hermanas ni había confiado mucho en ellas. Ahora decía que venían a verla morir. También decía que como ella era la mayor, era lógico que fuera ella la primera en morir.

La mañana en que murió tuvieron que decidir con respecto al funeral. Isabel propuso dejarla en su cama y velarla en su propia casa, algo mejor que aquellos salones de las funerarias. Ella también la maquilló, le puso una camisa de seda y sábanas limpias en la cama. Durante todo el día entró y salió gente. Cosme, su hijo mayor, se ocupaba de asistir a los ancianos que se habían acercado y de darles indicaciones a sus hermanos para que saludaran a algún pariente. Cada tanto se le acercaba a Fernando y le tocaba el hombro o lo tomaba de la mano.

Después que la mucama despejó la sala y el comedor de tazas de café y de ceniceros, a las diez de la noche, los amigos más íntimos que se quedaron propusieron salir a comer. Como sus tres hijos habían estado todo el día muy alertas y pendientes de sus necesidades, cuando fue el momento de partir, que para Fernando fue una suerte de vuelta a la realidad, consideró que era mejor que volvieran a casa para descansar.

Fueron a una pizzería cerca de la casa de Mamama, adonde muchas veces Fernando había ido con ella. Era una mesa cordial de viejos amigos y amigas con quienes había compartido alegrías y congojas, casamientos y separaciones. Y ahora lo iban a ayudar a enterrar a su madre.

Un par de horas después, se despidieron en la puerta de la pizzería. Isabel, la mujer de Fernando, estaba con su auto así que partió por su lado. Había que despertarse temprano para el entierro. Fernando volvió caminando hasta el *garage* de la casa de Mamama en donde tenía estacionado el suyo. Abrió el portón del *garage* y mientras caminaba hacia abajo, de repente, se detuvo. Volvió hacia atrás y entró al edificio por la puerta de servicio. Tomó el ascensor hasta el octavo piso y, con un hábil movimiento, introdujo una llave en la hendija entre el marco y la puerta y pudo pasar al hall de entrada. Solamente tenía llave de la puerta principal.

La casa estaba en penumbra, apenas iluminada por las luces que llegaban desde la avenida. No encendió la luz. Había un fuerte olor a cerrado por el humo de los cigarrillos. Aun en los días de mucho frío, cuando partían los invitados, Mamama siempre abría las ventanas para renovar el aire. Cruzó todo el departamento y se dirigió hacia la habitación de su madre. Cuando entró y vio el cadáver aún allí, se sorprendió. Los amigos y el vino habían aflojado un poco su angustia, pero el cuerpo seguía allí. Allí había estado todo el día, desde la mañana, y allí iba a estar hasta que llegara la funeraria y lo llevara al cementerio al día siguiente.

Se arrodilló y le acercó la mano a la cara; acarició con dos dedos las cejas grises. No había podido teñirse últimamente. La peluca le daba un aire triste, grotesco, como si esa muerte le hubiera quitado hasta la posibilidad de despedirse con dignidad. La piel colgaba sobre los pómulos y la frente como el paño que colocaba sobre los muebles cada verano antes de irse de vacaciones. Sólo su nariz estaba como siempre, perfecta, esa nariz que había sido su orgullo. El recuerdo de su belleza aún estaba allí. Retrajo la mano.

Ésta es la primera vez que veo un cadáver y el cadáver es mi madre, pensó. Su cara y su cuello únicamente. ¿Cómo estarán sus manos ahora? Recuerdo sus dedos finos y largos, sus manos huesudas, pensó. El cuerpo estaba cubierto por sábanas y dentro de las sábanas, ¿quién sabe? Recordó que el hombre de la funeraria dijo que debían meterla en una bolsa de plástico porque los muertos largaban líquidos. Una bolsa que contenía su cuerpo, pensó.

Estaban allí, solos. Cambió de posición y se sentó en la alfombra junto a la cama, con las piernas cruzadas. Pensaba en qué decirle, en qué decirse a sí mismo, pero pronto se dio cuenta de que no tenía nada que decir. Estaba destrozado por los largos meses que había acompañado a su madre en la agonía. De repente pensó que la soledad que había compartido con su madre incluía el recuerdo de la muerte de su padre, ocurrida hacía más de treinta años. En aquella ocasión sus tíos se habían ocupado de todos los trámites. Él había sido un observador distante y por esa razón aquella muerte siempre se había mantenido en la categoría de oportunidad perdida que se reproducía en las innumerables ocasiones de desesperanza en que le hubiera gustado tener un padre. Una muerte absorbía a la otra y Fernando se sentía definitivamente solo.

¿Duermo aquí esta noche?, pensó. Puedo conseguirme una manta y una almohada y echarme aquí en el suelo, a su lado, pensó como si necesitara aferrarse, aunque por sólo una noche más, a una vaga sensación de unidad familiar que él siempre había deseado pero que a esta altura dudaba que alguna vez hubiese existido.

Se puso de pie y se alejó. Cruzó todo el departamento en penumbra hasta el comedor. Desde abajo, desde la calle, entraban reflejos del alumbrado. Miró la hora. En París estaba por amanecer. Con certeza Aurelia todavía estaba durmiendo. Se sentó a la mesa y se refregó la cara. Pasó la mano por el mantel, juntó unas migas. Se cruzó de brazos e inclinó la cabeza sobre la mesa. La superficie de madera le absorbió el peso. De repente pudo pensar en Aurelia como un alivio inmenso. Se quedó dormido.

Salió. Bajó al *garage* y se metió en el auto. No sabía hacia dónde quería ir. Cuando llegó a su casa, estuvo con el motor en marcha unos instantes, pero no pudo bajar y siguió camino. Anduvo por una hora sin sentido hasta que se detuvo. Habrá sido alrededor de las dos de la madrugada. Era un día de semana y había poca gente. Estacionó junto a un café. Un lugar bien iluminado. Una pareja con cara de cansancio alrededor de dos tazas de café. Un tipo haciendo palabras cruzadas. El único mozo hablaba con el cajero. Un viejo apilaba las revistas para poder cerrar el kiosko. Los taxis se deslizaban, muy lentamente, mientras los colectivos zumbaban en el túnel de la noche.

Buenos Aires, 12 de noviembre de 199...

Querida Aurelia:

Esta vez te quiero escribir a mano para así tener el placer de introducir esta carta en un sobre y enviarla por correo. No me importa que pase una semana antes de que la recibas. Para esas cosas sabés que soy un romántico, un viejo romántico, que en estas últimas semanas se siente aun más viejo. Desde que Mamama murió, me di cuenta de que yo dejaba de ser hijo. Pero lo raro es que además, como ella dependía siempre de mí, o por lo menos desde la muerte de mi padre y eso fue hace tantísimos años, tantos que casi no recuerdo la fecha exacta, ahora también siento el vacío de sus pedidos, de su apoyarse en mí.

Puede sonar muy simple y tonto, pero en un momento de mi vida cuando ya me siento viejo y probablemente muy pronto tenga nietos, necesitaba seguir siendo hijo. Ahora me doy cuenta de que disfrutaba muchísimo de la relación con mi madre. Es curioso cómo uno se acuerda tarde de estas cosas.

Aunque yo te pude haber hablado de mi relación con mi madre, en verdad nunca supe en qué consistía porque siempre estaba obsesionado con ese padre que nunca tuve, o que pensé que nunca tuve. Yo realmente la quería y ella me quería, pero ambos jugábamos a las escondidas, con la excusa de ese hombre, aparentemente fenomenal, que dicen fue mi padre.

Ahora que no tengo ninguna escapatoria, he aceptado afrontar una serie de situaciones en mi vida que tenía postergadas. Vos sabés que no soy un literato, ni pretendo serlo hoy tampoco. Además esto merece ser hablado personalmente, pero por ahora es lo único que te puedo ofrecer, o lo único que me puedo permitir. En un momento pensé en llamarte, pero después recordé que con la diferencia de horarios, y tus diversos lugares de trabajo, etcétera, etcétera, la frustración que me hubiera dado que atendieras y no poder hablar libremente, etcétera. Como ves, opté por la carta.

Hace tiempo que vengo pensando en separarme. Los chicos ya están grandes y además, te soy sincero, lo único que me lo impidió todos estos años pasados era Mamama. Cuando ella estaba viva, hubiera sido un disgusto tremendo para ella. No era que fuese muy católica, pero como había enviudado bastante joven y había penado tantos años para criarnos, tenía terror de que algo similar le ocurriera a alguno de sus hijos.

Nunca hablé de este tema con vos porque no tenía sentido hablar de situaciones potenciales. Por otro lado, la enfermedad de mi madre me hizo poner muchas cosas en perspectiva. Como dije antes, será mejor que esto lo hablemos personalmente. Sigo con la intención de llevar a mi hijo menor a Europa el año próximo. Te mantendré al tanto de mis planes. Un beso grande,

Fernando

La muerte de Mamama tuvo efectos que Fernando tardó en percibir. En lo inmediato lo sacudió una tristeza constante: había logrado armar una relación que, con intermitencias, se había convertido en un elemento importante de su vida. Eso simplemente dejó de existir. Como Fernando siempre había tenido una fuerte necesidad de sentirse parte de una familia, también se dio cuenta de que su madre era tal vez el único vínculo que lo unía a sus hermanos. Las formalidades que se habían mantenido para no disgustar a la vieja con toda seguridad iban a desaparecer. En los últimos años, quizá porque se sentía excluido o simplemente ignorado por su mujer y sus hijos, se había acostumbrado a almorzar una o dos veces por semana con la madre. Cuando sobrevino la enfermedad, a todos les pareció muy lógico y además muy cómodo que Fernando simplemente siguiera siendo el encargado de atender a Mamama.

Aunque su madre nunca le había hablado de sus cosas íntimas, Fernando conocía la epopeya que vivió desde que se quedó viuda con cinco hijos a los cuarenta y dos años y tuvo que criarlos sin ninguna ayuda de sus parientes cercanos. Algo que le sorprendía a Fernando era cómo esa mujer siempre tenía una actitud optimista y estaba dispuesta a escuchar y a dar consejos, pese a las dificultades que había soportado.

La soledad y la insatisfacción que Fernando sentía en su pareja no eran elementos avasalladores, que provocaran violencia, aunque sí una sensación de ausencia permanente, que fue construyendo esa frustración que con parsimonia le había quitado el entusiasmo, las ganas de soñar. La llegada de Aurelia a su vida había sido un sobresalto, una riqueza inesperada con la que no sabía bien qué hacer. Le había hablado de ella a Mamama, sin precisar detalles ni el potencial de la relación, o por lo menos lo que Fernando pensaba de la relación. Por más que Mamama tuviera mucha dificultad en aceptarlo, entendía lo que pasaba en la pareja de su hijo. Además, como los nietos habían sido un poco distantes y siempre habían preferido a los suegros de Fernando, por ser más jóvenes, más ricos y una fuente ilimitada de recursos para los muchachos, Mamama no tenía demasiada pasión por ellos.

Durante los meses de la agonía, Fernando hablaba con el médico, la acompañaba a hacerse los distintos tratamientos y luego, cuando ella no se pudo mover más, organizaba los turnos de las enfermeras y trataba, en lo posible, de brindarle un poco de consuelo a ese dolor incontenible que arrastraba día y noche. Todo esto lo hacía además de sus actividades cotidianas como padre y como socio de la consultora.

Después del entierro sintió un fuerte alivio, como si de repente pudiera permitirse cosas que nunca había soñado. Más que nada quería desvincularse de sus responsabilidades inmediatas, tomarse unas vacaciones, viajar a lugares desconocidos. Claro que también la incluía a Aurelia dentro de aquellos planes fantasiosos: nada de eso fue posible. Tuvo que postergar *sine die*. Unos días después del entierro pudo, por lo menos, retomar la esgrima, actividad que tenía desplazada desde hacía tiempo.

Su concuñado Nicanor había mejorado la guardia en los últimos meses. Se lo había propuesto cuando decidió tomar clases con Pepe Cánovas, el profesor del Club, dos veces por semana. Cuando retomó, Fernando empezó a hacer algo de gimnasia antes de la esgrima, porque sentía su cuerpo flojo y fuera de entrenamiento. Además, para romper con la rutina, se quedaba charlando con los muchachos del equipo del Club. Incluso alguna vez aceptó cuando lo invitaron a salir. Uno de ellos tenía una orquesta que hacía temas retro, boleros y standards de jazz, y una noche tocaron en El Dorado, un lugar de la calle Hipólito Yrigoyen.

Se festejaba el lanzamiento de una nueva revista de arte y como suele suceder cuando hay tragos gratis, el local estaba atiborrado de gente, en su mayoría jóvenes modernos. El aire estaba muy viciado por el humo del tabaco, el calor humano y las conversaciones circunstanciales. Cuando Fernando entró al local pensó que iba a durar poco tiempo. No le gustaba estar entre jóvenes modernos, por los que siempre se sentía totalmente ignorado, pero Cánovas enseguida apareció sonriente con unos gin-tonics y le presentó a un par de amigas. Al tercer trago la orquesta, que todo ese tiempo había estado disponiendo sus instrumentos, arrancó con un mambo de Pérez Prado. Fernando se quitó el saco, la corbata y se abrió los tres primeros botones de la camisa. Al principio nadie reparó en la música, que pasó a ser un sonido más que debía competir dificultosamente con el barullo imperante; pero poco a poco, tal vez porque algunos se largaron y otros se fueron acomodando alrededor de las mesas, las conversaciones bajaron de tono. Ese cambio entusiasmó a los ejecutantes que emprendieron un camino apasionado por su repertorio cubano, con temas como los de Benny Moré, y algunos de la Sonora Matancera. Terminado el primer set de tres cuartos de hora, los músicos descansaron diez minutos y retomaron, esa vez con un ritmo más plácido, *Night and Day* de Cole Porter. Fue entonces cuando Fernando comenzó a prestarle atención a la mujer con quien había intercambiado algunas palabras desde que Cánovas los había presentado. Parecía de unos cuarenta y tantos, una rubia ampulosa, muy atractiva, divorciada dos veces y con un humor sutil que Fernando pudo apreciar por los comentarios que hacía con respecto a la gente que circulaba. Como tenía una galería de arte, conocía a todo el mundo, pero por alguna razón aquella noche estaba encantada de compartir la mesa con Cánovas y Fernando. De repente volvieron al ritmo cubano y ella se puso de pie.

—Vamos, Fernando, bailemos —dijo.

—No, por favor, no quiero hacer papelones.

—Si nadie sabe... no te hagás problemas... Yo te llevo.

Lo tomó como un bailarín de tango y le apoyó la cintura contra la suya. Sentir el pecho de esa mujer tan cerca le cortó la respiración por un instante, pero pronto Fernando se dejó llevar por los acontecimientos. Bailaron hasta que la orquesta dejó de tocar y pusieron discos. Cánovas pidió otras copas. Cuando Fernando se sentó, notó por primera vez su cansancio y también se dio cuenta de que eran las tres de la mañana de entre semana y al día siguiente había quedado en acompañar a su hijo menor a un partido de rugby: pero igualmente terminó su trago con calma.

Salieron a la noche que destilaba la presencia de la primavera inminente. Antes de que Fernando pudiese pensar o decir algo, Cánovas se subió con su amiga al primer taxi que esperaba en fila, el chofer durmiendo con el asiento reclinado, en la puerta de El Dorado. Fernando estaba de a pie y la mujer le ofreció llevarlo a su casa. Caminaron hasta el estacionamiento subterráneo de la avenida 9 de Julio. La música cubana todavía resonaba en la cabeza de Fernando haciendo contrapunto con el golpeteo de los tacos de la mujer sobre las baldosas de la vereda. Bajaron a buscar el auto: ella no recordaba dónde lo había dejado. Cuando finalmente lo encontraron, la rubia apoyó los brazos contra el techo. Fernando no pudo resistir el impulso de abrazarla. Ella se dio vuelta y lo besó. Estuvieron un rato largo entrelazados hasta que ella dijo: basta por hoy. Le abrió la puerta. Se quitó los zapatos. Puso el motor en marcha y salió a la noche. Anduvieron en silencio. Frente al edificio de Fernando se dieron un beso rápido y él arrastró el perfume de ella por el ascensor hasta la puerta de su casa. Descalzo, atravesó el departamento y se metió en el baño. Se lavó los dientes y la cara. Hubiese querido darse una ducha porque olía a noche y a tabaco, pero simplemente se pasó un poco de agua de Colonia por el pelo y el pecho, puso el despertador para las siete y se introdujo en su lado de la cama sin despertar a su mujer.

Cuando surgió la oportunidad de viajar a la convención anual de la Federación Internacional de Ingenieros Consultores que aquel año se realizaba en la ciudad de Palermo en Sicilia, Fernando no se hizo rogar. Después de la agonía y de la muerte de su madre había tratado de alejarse en vano de Buenos Aires. Dos veces había intentado concertar una cita con Aurelia, pero en ambas ocasiones no pudieron conciliar las fechas. Además le tocaba a él: sus socios le recordaron que hacía cinco años que no iba a ninguna reunión internacional. Ni bien Aurelia se enteró, le propuso que prolongase la estadía en Sicilia y pasar con él unos días en Taormina. Su marido se llevaba a las niñas una semana a Caracas a visitar a unos primos.

La idea de volver a verla al principio lo emocionó. Luego tuvo la sensación de que no sabía con quién se iba a encontrar. La distancia le había impuesto un régimen sentimental estricto donde la rutina familiar ocupaba la mayor parte de sus horas libres. Las escuetas notas que respondían a las largas cartas de Aurelia eran su modo de reprimir una embestida que él había determinado pertenecía a la categoría de imposible. Categoría nueva para él por cierto, porque como le había repetido incansablemente a Aurelia, nunca había encontrado a nadie que lo tocara tan de cerca. Pero cuanto más se aproximaba la fecha, más se reavivaban los recuerdos.

Aurelia le decía que quería volver a verlo, pasar unos días juntos, aunque ella no registraba la categoría de imposible que tanto aquejaba a Fernando. Parecía convivir con los riesgos.

De Buenos Aires a Fiumicino, Fernando pudo dormir. La conexión con Palermo era casi dos horas después, de modo que ni bien se bajó, hizo aduana, desayunó un rico capuchino con brioches y pasó al baño para lavarse la cara, los dientes y peinarse, antes de dirigirse al embarque del vuelo siciliano.

El vuelo Roma-Palermo duró una hora. En el aeropuerto tomó un taxi hasta el Grand Hotel des Palmes. Cuando el chofer escuchó dónde se iba a alojar, le contó cómo, en los años 50, en ese hotel se había realizado una reunión memorable de la mafia norteamericana y la mafia siciliana, la última que presenció Lucky Luciano.

—*Lei ricorda quel nome?*

—Sí, claro. Me parece que hicieron una película.

—*Sì. La pellicola la fecero gl'ammericani, ma secondo me, finora il cinema non ha saputo raccontare la storia della mafia.*

—Yo soy argentino. Nosotros también tenemos un tipo de mafia. Supongo que será distinta.

—*Ah! Anche aiete la mafia?*

—Sabe, hay muchos argentinos de origen siciliano.

—*Sì, sì, lo sachu. Io aiu parenti laggiú.*

—¡Qué hotel magnífico!

Fernando ingresó en el lobby del hotel, casi vacío, y se registró. La mayoría de los participantes llegaba a la noche, los paneles comenzaban al día siguiente a las ocho de la mañana. Se dio una ducha y estuvo un rato desnudo tirado en la cama acariciándose el pecho.

Mejor salgo a dar una vuelta, como algo y después me duermo una estupenda siesta siciliana, pensó. Pero le costaba levantarse, un poco por el cansancio y otro poco porque recién estaba dándose cuenta de que era miércoles y que el viernes por la tarde llegaba Aurelia. Hizo un amago hacia el teléfono para avisar a su casa que había llegado bien, pero apenas tomó el auricular, recordó que en Buenos Aires eran las seis de la mañana.

Salió al invierno soleado con un saco sin corbata y se dispuso a buscar una *trattoria*. Pidió macarrones con tomates y berenjenas y media botella de tinto y una cassata de postre. Le dieron ganas de fumar y le pidió al camarero si podía conseguirle un cigarrillo. Pensó que el café lo iba a tomar después de la siesta que a cada momento se volvía más deseable. El restaurant estaba casi vacío y el camarero intentó iniciar una conversación, pero Fernando estaba ensimismado. Para compensar le dejó una buena propina.

La luz del teléfono titilaba. Había un mensaje de Aurelia. Durmió casi dos horas. Primero llamó a su casa. Cuando contestó la mucama le dejó dicho que había llegado bien y que, si podía, volvería a llamar al día siguiente. Luego llamó a París.

—*Aló? Madame Aurelia est là, s'il vous plaît?*

—Mi amor, soy yo… ja, ja, no sabía que hablabas francés…

—Hola. ¿A qué hora llegás el viernes?

—A las siete de la tarde. Pero no te preocupes, me tomo un taxi.

—¿No tenés miedo de que estos sicilianos te secuestren?

—Acuérdate, chico, soy una periodista experimentada.

—Bueno, querida, entonces me pongo en campaña para buscar un lindo restaurant para esa noche… ¿Hiciste las reservas para Taormina?

—Sí, en el hotel San Domenico Palace. Es un antiguo monasterio en un promontorio sobre el mar. Las habitaciones están en las celdas. Me dijeron que es uno de los hoteles más bonitos de Europa.

—Excelente… Bueno, hasta el viernes, amore…

—Te mando un beso adonde más lo quieras.

En el congreso Fernando se aburría bastante, sin embargo el jueves y el viernes volaron; de un panel saltaba a otro, en alguno de ellos conseguía concentrarse un rato. En los intervalos charlaba y tomaba café con gente que le pasaba su tarjeta y a la noche se acostó temprano. Durmió estupendamente. Ya había recompuesto sus horarios y pudo levantarse a las siete y leer el programa del día mientras desayunaba. El viernes, dado que la última sesión terminó más temprano de lo esperado, apenas pudo liberarse tomó un taxi al aeropuerto.

Escondido detrás de una columna, Fernando esperaba su llegada. Ella apareció pocos minutos después, descendiendo por la escalera móvil. Parecía acalorada. Llevaba el tapado en el brazo, un bolso al hombro y un puñado de revistas en la mano libre. Su aparición le provocó un estremecimiento. Finalmente el momento tan deseado. Dejó que ella pasara y la siguió de lejos. Aurelia se detuvo en el carrousel de las valijas. Todo lo que había planeado decirle desapareció de su cabeza en esos instantes. Poder verla allí detenida, esperando el equipaje, le producía un alboroto en el corazón que ya no se consideraba capaz de sentir. Aurelia caminaba tres pasos y miraba el reloj. Se pasaba la mano por el pelo. Llevaba pantalones de terciopelo negro, una blusa de flores grandes y unas botas tejanas negras de lagarto. En pocos minutos apareció el resto de los pasajeros y Fernando no pudo contenerse.

—*Scusi, signorina. Taxi, prego?*

—*No. Grazie.* Pero mi amor, ¡qué sorpresa! —gritó Aurelia abalanzándose al cuello de Fernando—. Pensé que aún estabas con tu convención...

—Terminó temprano y antes de que alguien me enganchara en algún programa absurdo, me escapé.

—¡Qué delicia que hayas venido!

—No podía aguantar las ganas de verte.

—Yo también, mi amor. Aquélla es —dijo Aurelia indicando su maleta. Ella le dio otro abrazo y luego se dirigieron hacia la parada de taxis.

—¿Qué tiempo hizo hoy? —dijo ella tomándolo del brazo.

—Fresco pero soleado. Estupendo para pasear.

—En París hace un frío húmedo horrible. No sabes qué tremendo es para una caribeña ese clima. Me llena de tristeza.

—Pobrecita —dijo Fernando abrazándola.

—Hay una posibilidad de que nos manden a Roma en un año más. En París tienes cuatro meses horribles y el resto del año es regular. Ya lo sabes, chico.

—No, no lo sé. Nunca fui a París.

—El próximo viaje...

Palermo era lo que Aurelia llamaba terreno neutral. La culpa que intermitentemente la atormentaba se diluía como por arte de magia al encontrarse en un sitio alejado de sus familias. Subieron la maleta y cuando estaban por salir del cuarto, ella lo miró en los ojos y él no pudo resistirse y la besó. Se echaron sobre la cama y él siguió besándola con una suavidad indulgente. Había olvidado la dulzura de su piel y cuando sus labios la volvieron a recorrer, enseguida Fernando recuperó aquellas sensaciones de placidez que ella le había hecho descubrir. La desvistió lentamente porque quería detenerse en cada instante de su cuerpo. Acostada a lo largo de la cama, ella sonreía con los ojos cerrados. Le abrió la camisa y desabrochó el gancho del corpiño que por suerte estaba en el centro. Lentamente descubrió sus pechos, los besó y le chupó los pezones. Recordó una ocasión en la que ella se había puesto limoncello en los pezones "para que sepa mejor". Le gustaba que él se detuviera a jugar con la lengua. Se los tomaba con las manos y lamía suavemente; sin mover las manos se deslizó hasta la panza, besó el ombligo hasta llegar a la ingle. Recordó haber adorado esa ligera tersura y su lengua siguió hacia abajo.

No podía dejar de abrazarla y de besarle el cuello. El placer que ella sintió cuando la penetró le volvía a él una y otra vez y creció como un torbellino que lo mantuvo elevado en una meseta imantada y sin límites. Pese a la prolongada abstinencia, pudo contenerse y la hizo acabar tres veces antes de terminar juntos. Tenían tanta energía acumulada que se mantuvieron abrazados en silencio hasta que finalmente se adormecieron.

Desde el hotel caminaron a buscar el restaurant. Fernando había elaborado un par de opciones, pero Aurelia confiaba en el dato de su sempiterna amiga siciliana. Le había recomendado un lugar muy simpático, que un pariente suyo había abierto hacía un año en el patio central del *palazzo* de familia. La arquitectura era barroca del Settecento, con aditamentos posteriores. Había antorchas instaladas en cada esquina y en el centro que iluminaban poco más de una docena de mesas. Los manteles de lino blanco llegaban hasta el piso. Tuvieron que esperar media hora en el bar hasta que se liberó una mesa. Aurelia pidió una copa de prosecco del Veneto y Fernando, sin conocer demasiado el tema, pidió lo mismo.

Por más que no lo hacían normalmente, ambos decidieron fumar. Para evitar los temas personales, ella comenzó contando un episodio reciente de su experiencia profesional. Siempre tenía una multitud de historias curiosas y divertidas. Por razones históricas, el castellano tiene una resonancia particular en Sicilia y a los pocos minutos el barman intentó entrar en la conversación preguntando de dónde eran. Una intromisión que en otro momento hubiera irritado mucho a Fernando en esa ocasión no le molestó para nada. El barman estaba alerta porque inmediatamente le dijo a un camarero que llamara al príncipe. El tipo se presentó: Tancredi Starabba, le besó la mano a ella y dijo que su prima le había pedido que se ocupara de ellos. Mientras intercambiaban cortesías, bebió una copa con ellos y luego los acompañó a la mesa. Ni bien estuvo instalada, Aurelia le pidió que le recomendara algo. Sabía que el mejor cumplido que le podía hacer al *restaurateur* era ponerse obsecuentemente en sus manos. Por más que Fernando fuese un tipo poco ducho socialmente, tenía cierta sensibilidad para observarla, tanto a través de sus cuentos como por experiencia directa. Sabía captar el talento de Aurelia. Le encantaba echarse atrás en la silla, disfrutar de verla en acción.

De entrada pidieron *tagliolini al basilico* con *triglie e melanzane*, que compartieron, y *filetti di orata agli agrumi* de plato principal. Con el vino Aurelia prefirió mantenerse en el prosecco, algo que Tancredi con natural cortesía supo ponderar, aunque después de la primera botella Aurelia le comentó a Fernando que tal vez debían probar algo local. No se arrepintieron porque el *sommelier* apareció con una botella con etiqueta hecha a mano de la inevitable cosecha propia. No pudieron resistirse a los quesos, especialmente el *tuma* y el *primosale*. De postre una tarta de almendras excelente que acompañaron con un Marsala, también sin etiqueta comercial, que les trajo Tancredi.

En los planes de Fernando sólo había un breve paseo antes de volver al hotel. Aurelia, como siempre, no quería perderse ninguna oportunidad. Cuando Tancredi les comentó las virtudes del Marsala en cuestión, también agregó que el productor de ese vino daba una fiesta a pocas cuadras de allí y que en media hora estaba dispuesto a llevarlos. Sin decir nada, Fernando aceptó el cambio y pidió un café para despabilarse y tratar de seguirle el ritmo a Aurelia.

Fernando, que nunca antes se había percatado —de Cuba, de lo cubano—, a través de Aurelia sentía que el mundo estaba invadido de música tropical. Cuando Tancredi, un par de amigas de éste, Aurelia y Fernando entraron al salón sonaba una rumba fuertísima que obviamente lanzó a Aurelia al baile y a Fernando le arrancó una sonrisa.

Las paredes y los techos tenían frescos del siglo XVIII con escenas orgiásticas y de glorificación del dios del vino. Cincuenta personas bailaban frenéticamente en el inmenso salón. Tres camareros impasibles de guantes blancos recorrían los grupos repartiendo tragos mientras otro los mezclaba a pedido de los invitados. Aurelia preguntó si tenían ron y el tipo le ofreció un Havana Club de ocho años. Tancredi se ocupó de presentarla al dueño de casa, quien enseguida la hizo circular entre sus amigos, varios de los cuales conocían Cuba.

Como Fernando no hablaba italiano, tuvo que contentarse con la conversación de una inglesa, historiadora de arte, que estudiaba el Barroco siciliano. Para su alivio, la mujer estaba entonada y sólo pedía que él le pusiera la cara. Comenzó a relatarle aspectos de su investigación con una minuciosidad insoportable, pero a Fernando le daba igual porque simplemente quería dejar pasar el tiempo.

` Antes de que la efervescencia de la noche se aplacara, alguien propuso visitar un ala del palacio hasta hacía pocos meses clausurada. Fue entonces cuando Fernando vio la oportunidad para esfumarse. Se le acercó a Aurelia que estaba charlando en un grupo muy animado y le susurró su propósito.

—Son las tres de la mañana. Yo me voy. Si querés quedate.

—¿Pero qué dices, mi amor? Nos vamos cuando quieras —dijo ella soplándole un beso—. Sólo tenemos que despedirnos—. *Tancredi, carissimo, noi partiamo. Domani andiamo a Taormina.*

—*Ma Aurelia, così presto?*

—*Sì, sono distrutta. Grazie per l'invito, sei stato proprio gentile.*

—*Mancherebbe altro. Che strada fate?*

—¿Por qué camino vamos a tomar?

—Por la costa —dijo Fernando.

—*Ah! La costiera. È certamente il più bel modo di vedere la Sicilia. Bagheria, anche se ora è piena di mafiosi, ci sono delle belle case liberty. Poi c'è Milazzo, Cefalú piena di tedeschi. Se volete venire a trovarmi, domenica vado da un parente che ha una bella casa sul mare a Capo d'Orlando.*

—Dice que nos invita a visitarlo…

—*Tieni. Questo è il numero di telefono.*

—*Grazie, Tancredi. Buonanotte.*

—*A presto, spero* —dijo Tancredi con una sonrisa sugestiva.

—*Buonanotte* —dijo Fernando encantado de que finalmente pudieran salir a la calle. La noche estaba fresca y como se encontraban cerca del hotel caminaron.

—¡Qué tipos pesados estos italianos! No te largaban…

—¿No me digas que estás celoso?

—No, para nada... pero tenés que aceptar que son babosos...

—No. Son simpáticos. Muy agradables. Tú estás ce-lo-so.

—¡Por favor, Aurelia!

—Igual me encanta que te pongas así —dijo tomándolo del brazo y dándole un beso en la mejilla.

Como el bar del hotel ya había cerrado, el lobby y demás zonas de circulación estaban casi desiertas. Aurelia fue a su habitación a lavarse los dientes y estaba limpiándose la cara cuando él golpeó la puerta.

—Pasa, mi amor, pero aún necesito unos minutos.

Fernando se sentó en la cama y encendió el televisor. Pasó varios canales hasta que encontró una película con Totó, *I soliti ignoti*, que en la Argentina había sido titulada *Rufufú*. Al principio no la reconoció, pero apenas vio a Gassman y aquella banda de pobres diablos que trataban de hacer un boquete en la pared para acceder a la casa de empeños, recordó aquella película que Mario Monicelli había hecho en 1958 y que Fernando vio en el último año de colegio secundario, cuando los sábados llegaba a ver hasta tres películas.

—Mirá, Aurelia, una película de Totó... la habré visto hace más de treinta años... Me había olvidado de su existencia. ¿La viste?

—No. Ni sé quién es ese Totó. Yo me crié en Nueva York, chico. No lo olvides.

—En su momento fue un exitazo...

—Ya estoy...

Apareció veinte minutos después envuelta en un kimono de seda negro. Se lo quitó y se deslizó entre las sábanas. Fernando seguía pegado al televisor.

—Vamos, apaga eso. Quítate la ropa y métete en la cama conmigo.

Apagó el televisor, también la luz del cielo raso. Dejó encendida la luz del baño con la puerta entornada. Se desvistió y se acercó a Aurelia.

—Sabes que últimamente he leído una recopilación de tratados eróticos chinos, *El arte de la alcoba*. Uno de los múltiples consejos que da es que nunca hay que hacer el amor después de haber bebido mucho. Pero, por otro lado, dice que la mejor hora para practicar lo que tú y yo tenemos en mente es particularmente ésta, antes del alba...

—Una de cal y una de arena...

—Bueno, tampoco lo veas así. *By the way*, deberías leerlo porque hace mucho hincapié en que el hombre no debe eyacular casi nunca, o por lo menos muy de vez en cuando. A tu edad es realmente muy de vez en cuando...

—¿Qué querés decir con eso de "a tu edad"?

—Nada. Nada. Es sólo un chiste, mi amor. Dame un beso y olvídate de los chinos...

Se estuvieron besando un largo rato. Luego ella comenzó a acariciarlo tan suavemente que muy pronto Fernando se sintió revitalizado por una energía deslumbrante que arremetía y que lo hizo distender sintiendo el cuerpo de ella como el lugar más deseado. La vio intensamente bella, en toda su debilidad y su esplendor cuando recibía su ser y se saciaba y lo amaba como nunca nadie supo hacerlo ni decirlo.

Cuando ella abrió los ojos, el reloj digital marcaba las doce del mediodía. En el teléfono había una nota:

"Son las diez. Fui a darme una ducha. Estaré en el comedor desayunando y leyendo los diarios".

Por suerte podían dejar el cuarto recién a las dos de la tarde, así que tuvieron tiempo de arrancar con calma y tomarse un capuchino en el bar. El auto que Fernando había reservado llegó a la una. Por más que fuera invierno, había alquilado un Alfa Romeo convertible. Cuando se le ocurrió la idea, le pareció un exceso pero, por otro lado, tenía la convicción de que era el tipo de gesto que le gustaba a Aurelia. Fernando se sentó y palpó el volante como alguna vez lo había hecho en un autito chocador muchos años antes, en su niñez. Pasó la mano por el cuero del asiento en el que Aurelia se iba a sentar. Después bajó la capota y así pudo estirar las manos hacia arriba.

¿Era esto lo que él quería? ¿Era lo que él se había imaginado? Tal vez perseguía una quimera absurda, tratando de atraer su atención, de ofrecerle un oasis, a través de todos los medios posibles e imaginables, simplemente porque en determinados momentos aislados ella le había hecho creer que lo quería.

El botones puso las valijas en el baúl. Fernando le dio una propina y partieron. El sol brillaba como para andar en mangas de camisa y se sentían atractivos en el convertible, ambos con anteojos negros, ella, con un *foulard* colorido que flameaba en el viento. Ni bien pasaron la zona de palacetes estilo Liberty de Bagheria encontraron menos movimiento en la carretera. Aurelia disfrutaba del paisaje y, como no había dormido mucho, en cualquier momento iba a cerrar los ojos. Desde que subieron al auto, Fernando no había dicho una palabra: para él la situación era tan deseada que no quería entorpecer el flujo de las cosas. Antes de que Aurelia saliera del hotel, él sintió la necesidad de caminar para ordenar sus ideas, pero la presencia del Alfa Romeo lo distrajo, se convirtió en un tónico reconfortante: siempre le había gustado la idea de manejar un convertible, pero por una mezcla de culpa y de sentido práctico exacerbado, nunca se lo había permitido. En el escritorio de su casa conservaba unas fotos de su abuelo al volante de un Packard color claro, ese abuelo que nunca conoció pero que por la mirada y los comentarios familiares lo sentía muy cercano. La imagen de un descapotable le producía una sensación de plenitud y de libertad.

Por más que internamente quería justificarse, darse otra vez más una razón que sirviera para "entender" la situación, la angustia por lo maravilloso estaba allí presente. Las noches y los días que había soñado con Aurelia aún le dolían mientras la miraba dormitar entre los vaivenes de la ruta costera. Anduvo rumiando en estas cuestiones por más de una hora y aunque tenía ganas de hablarle, no quiso despertarla antes de llegar a Cefalú, donde Aurelia quería visitar el Duomo del siglo XII.

Estacionó junto a dos *campers* con matrícula holandesa. Los únicos turistas en aquel lugar de la costa. Aurelia dormía plácidamente.

—Parada en Cefalú. Pipí, café, etcétera.

—¿Qué? ¿Qué pasó, chico? ¿Llegamos?

—No. Todavía no. Sólo una parada para tomar algo y ver el Duomo. Te quedaste frita.

—¡Ay! ¡Qué bonito, mi amor! Un placer…

—Si no viste nada…

—No. Me encantó el sueño que tuve. Después te lo cuento.

—¿Tenés hambre? Tal vez podamos comer algún sándwich…

—Sí. Claro, vamos.

El restaurant estaba al borde de una hilera de palmeras. Un día tranquilo. No había muchos comensales. La mujer que atendía tenía aspecto de ser la dueña. Se instalaron en una mesa con vista al mar, pidieron dos *panini* de jamón y queso. Él una cerveza, ella un capuchino.

—Has estado muy callado...

—Sí. Estaba pensando...

—*A penny for your thoughts...*

—Nada. Nada importante.

—Me quieres decir que has pasado más de una hora cavilando y no has tocado ningún tema jugoso... No te lo creo, chico... Cuéntale a tu amiga.

—Bueno, la verdad es que tenía ganas de hablarte, pero con el viento, en el auto no se puede. Además no quería despertarte...

—Ahora no hay más excusas... ándale, pues... mira qué estupendo escenario. Tenemos toda la tarde.

—Pero no se trata de nada en particular...

—No importa, me interesa lo mismo.

—Es que no sé cómo encararlo... y no quiero que suene a queja... Hoy al mediodía, cuando esperaba en el auto que bajaras, me di cuenta de una cosa que ha regulado mi vida desde que empecé a salir con mujeres, hace más de treinta años: siempre quiero agradar, dar placer a la mujer que está conmigo, y nunca pienso en mí, en lo que a mí me interesa, en lo que yo deseo. Siempre soy el que entiende, el que trata de comprender. Y estoy harto. Harto de sentirme insatisfecho. Hace unos días llamé a Londres a un viejo amigo porque era el cumpleaños. El tipo se casó varias veces pero ahora está medio soltero. Después de contarme con quién iba a festejar esa noche, me preguntó cómo andaba. Cuando le conté, muy por encima, lo que te estoy contando ahora, me dijo algo que me sorprendió bastante, no porque no lo haya escuchado antes, sino que así de repente, escuchar algo que se relaciona tan profundamente con lo que me está pasando fue sorprendente. Según él, cuando las mujeres aman a un tipo quieren que ese tipo les haga hijos. Lo seducen, hacen todo lo posible para que el tipo se entusiasme con ellas y eventualmente les dé su "semillita". Dijo "semillita". Me causó gracia que un tipo grande usara esa palabra. Una vez que tienen esos hijos, dijo, su inclinación por el tipo diluye, no les interesa más. El tipo se convierte en un estorbo. No creo que esto sea machista: me parece que es una cosa muy natural, casi diría que es la forma en que la mujer finalmente se libera del hombre. La mujer, o digamos gran parte de las mujeres, tienen ese mensaje genético que las empuja a tener hijos. Hoy en día, como son independientes, no necesitan que el tipo siga ahí en la casa, compartiendo la cama, teniendo que verle la cara todos los días...

—Es muy graciosa la teoría de tu amigo, chico.

—Dejame terminar, por favor. No me interrumpas. Tal vez el mundo se divida entre los que se dan cuenta de cuándo es el momento de partir y aquellos que nunca se dan cuenta o se dan cuenta y no quieren hacer nada al respecto. Se quedan paralizados y esperan que algo ocurra. Con mi mujer, hace varios años que llevamos vidas separadas. La aprecio, supongo que ella me quiere a su manera, pero es hora de entender que nuestra relación se agotó, ¿no? Ella está siempre muy ocupada con sus trabajos de decoración. Son todas actividades en las que yo no tengo nada que ver, no figuro particularmente... Mis hijos también tienen sus existencias que son un absoluto misterio para mí. Tal vez sea por eso que tantas veces digo que me gustaría tener una relación con mis hijos, yo que nunca tuve una con mi padre. No sé, yo me pasé la adolescencia esperando que mi viejo me hablara y éstos que me tienen siempre disponible jamás han intentado un acercamiento. Parece que han decidido que no les interesa. Creo que tienen más intimidad con mi suegro.

Desde chiquito he buscado que me quieran. Tan simplemente. Supongo que todos desean lo mismo. Tal vez algunos lo necesiten más que otros. Cuando en plena adolescencia murió Papá y tuve que salir a ayudar a mi madre, ya no hubo forma de atender esa carencia. Estudié, pude armar la empresa. Empecé a salir con Isabel y me casé. La muerte de Papá me lanzó al mundo y desde entonces no paro.

Cuando te conocí a vos, tuve la sensación de que había descubierto algo absolutamente nuevo. Una estrella fulgurante me iluminó la noche a pleno día. Pasó algo muy extraño: era como si siempre hubiese esperado tu llegada. Como si toda mi vida anterior hubiese sido una espera, sin estar demasiado consciente de ella, pero espera al fin. Al poco tiempo, y ojo que mis sentimientos no han cambiado en lo más mínimo, me di cuenta de que con vos estaba repitiendo lo mismo: pese al deslumbramiento que me provocó tu aparición, a la novedad que representabas para mí, mi actitud seguía igual. Lo que yo quería estaba subordinado a tu deseo. Por supuesto que entendiendo las cosas que te afectan, las razones de tus actos, justificándolo todo. Esto me molesta, y no sé cómo cambiar.

—No sé si es cuestión de modificar o de rebelarse, chico. Ésa es tu naturaleza. Es una cualidad muy poco común en los hombres y a mí me resulta muy atractiva. En algún momento uno tiene que aceptarse como es. Yo te sentí siempre disponible, comprensivo, muy atento en cada detalle, y eso es lo que más me cautiva de ti —dijo Aurelia extendiendo su mano derecha hasta la de Fernando—. Ya lo sé. Puedes decir que he sido ambigua y contradictoria, y eso no ayuda. Así es como sentía las cosas. Te quiero y te necesito. Por otro lado, la vida que tengo con mi marido y mis hijas es algo que nunca podría imaginar perder.

Es absurdo lo que te voy a decir, pero para ser buena madre y esposa necesito una decente satisfacción emocional y sexual. Es tan claro como lo escuchas. Y a veces, un marido no es capaz de proveer esto. No puede o no se da cuenta. No se lo puede culpar. Soy una exagerada, tal vez, pero necesito eso. No quiero ser utilitaria, pero sí seré complementaria. Tú te has convertido en un componente de mi vida que no quiero perder.

Sabes, chico, yo he tenido una vida muy distinta de la tuya. Muy agitada, plagada de constantes inseguridades. Cambio de países, de códigos, y ahora, con esta familia que pude armar, hace doce años tengo cierta estabilidad. Como dice tu amigo, yo también siento que la familia me ahoga, que estar con el mismo hombre día tras día me llena de angustia, no tanto por lo que me vaya a perder, sino por la limitación que eso impone. Yo soy una de esas mujeres que, para bien o para mal, nunca ha pasado mucho tiempo sola. Terminaba una relación, o aún no había terminado una relación cuando ya tenía una nueva encaminada. Tal vez se trate de adicciones: la tuya es la de complacer y la mía es la de no poder estar sola.

—Entonces ¿qué vamos a hacer?

—Nada. ¿Qué quieres hacer? A esta altura de la vida, ¿qué podríamos hacer?

—No puedo creer lo que estoy oyendo. Me esperaba algo más audaz... no sé. Reaccionar así es como no reaccionar. Vos, una mujer tan libre, que siempre tomó al toro por las astas...

—¿Qué te gustaría escuchar de mí? ¿Cuál es tu fantasía?

—Mirá, no estoy borracho. Nunca estuve tan lúcido. Son las cuatro de una tarde de invierno. Tan sólo digo que te adoro y que por eso quiero cambiar mi vida. ¿Te acordás esa noche que nos conocimos en la Embajada de México y después fuimos a tomar un trago? Aquella noche me hablaste de los *choices* que uno tiene en la vida, las oportunidades que se presentan y uno debe decidir si tomarlas o perderlas para siempre. Por años y años pensé que lo que sí hay son estilos, modos de enfrentarse con la realidad, pero ¿*choices*? *Choices* no, de ninguna manera. Ojalá fuera posible decidir... Tal vez uno hace lo que puede, no lo que quiere. Es realismo pesimista, para decirlo de alguna manera. Aquella conversación me impresionó profundamente. Ha vuelto a surgir en mi cabeza muchísimas veces. Ahora me doy cuenta de que estamos frente a uno de tus *choices*.

Fernando hizo una pausa, respiró hondo, por unos instantes descansó la mirada en el mar. Cuando habían llegado al lugar estaba calmo, ahora se había levantado una ventisca de tierra que arremolinaba las pequeñas olas antes de romper en la playa. Los holandeses de los *campers* estaban levantando sus bártulos después del picnic en la arena.

—No sé si conocés una película de Louis Malle que se llama *My Dinner with André*. Durante varias semanas el actor Wallace Shawn y el director de teatro André Gregory grabaron sus conversaciones mientras cenaban. Después Shawn las estructuró para darle forma de guión. La charla fluye y uno queda cautivado por los cuentos de Gregory, de sus viajes por el mundo y sus búsquedas espirituales en Polonia, India, Tibet, el desierto del Sahara... Es el relato de un buscador inquieto que se retiró del mundo del teatro para redescubrir el placer de la vida. A Shawn le toca hacer de escéptico, la voz de la razón, el que tiene los pies sobre la tierra aunque sienta que el alma quiere levantar vuelo. El efecto acumulativo es casi hipnótico. Si te gusta que te cuenten historias, ésta te atrapa. La conozco tan bien porque mi primo Federico dice que esa película le cambió la vida. Radicalmente. Ya deben haber pasado más de veinte años desde que la vio y dice que sigue afectado. Supongo que mi *Dinner with André* ha sido esa noche cuando tomé unas copas de tequila contigo. Tal vez en ese momento fue cuando pude ver esa luz fulgurante y me enamoré. Te parecerá absurdo que me haya anclado a eso, pero después, con los meses que pasaron y como vos te me mostrabas, desplegabas tu audacia por la vida... tu energía y el entusiasmo que me inoculabas en cada momento, tu humor, la intensidad con que encarabas todos los detalles de tu existencia, en fin... todo volvía a aquel momento cuando me hablabas del tequila y de sus propiedades, de cómo había que beberlo.

—Mi amor, es lo más bonito que he escuchado en la vida. ¿Por qué nunca me hablaste así?

—Quizás es porque nunca estuve desesperado. Siento que estoy frente a uno de esos *choices*, como vos les decís, y muy seguramente se trate de uno de los últimos que tenga.

—Fernando...

—Dejame seguir. Después de una cierta edad, para un hombre como yo, la posibilidad de armar una relación es muy remota. Algo comparable a la vida durante el Blitz sobre Londres, en que las parejas que se enamoraban nunca sabían cuánto les iba a durar el romance porque al día siguiente uno de los dos podía morir a causa de los bombardeos. Como ellos, yo siento que la oportunidad es única y que no la puedo perder. Mirá, Aurelia, vos sabés, he trabajado muchos años y no soy un hombre rico. La familia de mi mujer tiene plata y mis hijos nunca tendrán problemas económicos. Venite a Buenos Aires conmigo. Compramos una casa en San Telmo, que tanto te gusta...

—Pero, amor, ¿qué dices? ¿Así? ¿De repente?

—¿Por qué? ¿Qué se necesita para tomar estas decisiones?

—No, es que... tenemos que pensarlo un poco más... me da mucho vértigo. Una no puede cambiar toda su vida, así, en un instante... Por favor, déjame pensarlo.

Fernando se puso de pie, visiblemente alterado. La euforia que lo había acompañado hasta entonces se había trasmutado en angustia. Necesitaba salir a tomar aire.

—¿Seguimos viaje? Me gustaría llegar antes de que anochezca —dijo con la mirada perdida en la quietud de la tarde.

Se subieron al auto sin hablar. Había refrescado y Fernando subió la capota. Abandonaron Cefalú sin detenerse a visitar el Duomo que Aurelia había leído databa del 1100, un ejemplo magnífico de arquitectura árabe-normanda. A ella le hubiera gustado verlo pero no quiso interferir en la determinación de Fernando por seguir viaje. Una vez que estuvieron en la ruta, ella quiso romper el silencio algunas veces. Él no se enganchaba con sus historias, le respondía con monosílabos, sin devolverle la mirada que mantenía fija en el asfalto. Aurelia comenzó a sentir dolor en el cuerpo, un deseo de abrazarlo, de encaramarse a su cuerpo como la noche anterior, de intercambiar caricias, esas caricias intensas que todo lo solucionan, o por lo menos, ofrecen sosiego. Finalmente ella le posó la mano izquierda en su derecha que descansaba sobre la palanca de cambios, y se la acarició suavemente. De la mano pasó al antebrazo que estaba descubierto: seguía con la camisa arremangada.

¿Cómo se me ocurre despacharme con esta confesión de amor?, pensó Fernando. Me equivoqué. Esta mujer es un espejismo. ¿Todo lo que me ha dicho los últimos años? ¿Por qué me ha escrito lo que me ha escrito?

Pero entonces, ¡este hombre me quiere! ¡Qué horror! ¿Qué voy a hacer?, pensó Aurelia. La declaración de Fernando la había sorprendido totalmente desprotegida. Como era ella quien escribía las cartas crepitantes y como era ella quien hablaba de amor, las palabras apasionadas la habían golpeado muchísimo. El estilo tímido e inseguro de Fernando siempre le había transmitido una ternura inmensa, al mismo tiempo, y eso también la conmovía.

Mientras los dos rumiaban sus sentimientos, él se fue compenetrando con el manejo. Como niño con juguete nuevo, iba aferrado al volante para no pensar. También a él el cuerpo lo fue traicionando. La mano de Aurelia en su brazo le transmitía unas ganas irresistibles de frenar inmediatamente y abrazarla, besarla sin parar, pero a la vez existía una frustración de que todo era inútil e inevitable. Las curvas que bordeaban la costa escarpada y un mar que con el atardecer y el viento se fue embraveciendo lo mantuvieron alerta. Llegaron a Taormina cuando había caído el sol. Aún se podía ver una vaga sombra del Etna.

El hotel San Domenico Palace está emplazado en un lugar muy dramático. En la época en que la Iglesia podía elegir libremente dónde construir sus propiedades, obviamente buscaba los mejores lugares. Por razones prácticas habían conseguido dos habitaciones a pocos metros una de la otra. Como Aurelia anunció que se quería dar un baño de inmersión quedaron en verse para comer algo un par de horas después.

Mientras que en la ruta Fernando había intentado neutralizar su angustia a través del volante, esa distensión que a tantos hombres les provoca estar dominando una máquina, cuando cerró la puerta de su cuarto y una vez que acomodó las pocas cosas que llevaba en su valija, toda la estantería se le vino abajo. Quizás hubiese debido esperar un tiempo más, pensó. ¿Para qué mierda me escribió todas esas cartas?, pensó recordando la cantidad de e-mails en los que ella le hablaba de su amor y de cómo lo extrañaba. Soy un idiota. ¿Cómo pude haber caído?, pensó. Abrió la heladerita y se sirvió un whisky doble. Lo bebió de un saque y se sirvió otro. Después se dio una ducha rápida, sin siquiera pensar en afeitarse. Encendió el televisor, buscó la CNN y en calzoncillos se sentó en la cama. Cuando miró el reloj aún faltaba más de una hora para bajar a comer.

El fárrago monótono de las noticias internacionales lo fue adormeciendo lentamente. Unos golpes en la puerta le hicieron abrir los ojos. Se levantó de un salto, apagó el televisor, se puso la robe, y abrió. Aurelia estaba radiante, de negro, con una sonrisa y las manos en la cintura:

—¡Qué plantón me has dado, chico!

—Perdón. No me di cuenta de la hora... Pasá un minuto que ya me visto...

Aurelia entró y se acercó a la ventana.

—¿Le has echado una mirada al panorama que tenemos?

—No, la verdad es que me quedé dormido...

Fernando se quitó la robe y, hundido en la pesadez que provoca el alcohol en las siestas vespertinas, se sentó en el borde de la cama. Largó un suspiro, miró al vacío unos instantes y con una mano alcanzó las medias que habían quedado junto a sus mocasines. Estaba a punto de ponérselas cuando los brazos desnudos de Aurelia lo abrazaron. Sin que él se diera cuenta, ella se había quitado la ropa y se había subido a la cama. Lo retuvo así abrazado un rato; después le besó el cuello, después lo empujó suavemente hacia atrás. Recién entonces Fernando pudo ver el soutien y el portaligas de encaje negro.

—¿Qué tal? Me lo compré especialmente para este viaje —dijo Aurelia con un guiño. Le metió la mano en el calzoncillo y lo acarició, mientras le pasaba la mano izquierda por la entrepierna. Cuando vio que Fernando entraba en carrera se le subió a horcajadas. Él se aferró primero a sus pechos y enseguida bajó las manos hasta la cintura para dominar los movimientos. La ayudaba a subir y a bajar. Luego cambiaron. Ella se echó de costado y Fernando siguió con los suaves empujones. Ella acabó dos veces hasta que él despidió un gemido prolongado.

—¿Te gustó, mi amor?

—Me encantó —dijo Fernando que aún tenía energía para besarle los pómulos, rascarle la cabeza, acariciarle la espalda.

—¿Se te ha ido el hambre?

—No. Bajemos rápido antes de que cierre el restaurant.

Comieron en el hotel. Pasada la medianoche bajaron a caminar por el pueblo. Las calles estaban casi desiertas. Solamente un viejo taxi con valijas en el portaequipajes subía con esfuerzo la cuesta. No hacía demasiado frío, pero cada tanto corría una ráfaga de aire de mar que Aurelia sentía en los huesos por más que su tapado de leopardo falso fuera bastante abrigado. En la plaza de Taormina había tres bares. Aurelia enfiló hacia el que tenía aspecto de más viejo. Entraron a tomar algo fuerte. Envueltos en el humo del tabaco, los parroquianos estaban tan abstraídos mirando una pelea de boxeo que ni se percataron de su entrada. Se instalaron en la barra, entretenidos observando las botellas de licores mientras esperaban que el encargado los atendiera.

—Sabes, tal vez aquí, más que un cognac, sea mejor una grappa... —dijo Aurelia.

—Bueno, tomemos grappa.

—*Scusi, due grappa, per favore.*

—*Quale preferisce, signora?*

Aurelia, que no quería ponerse a pensar, le dijo al barman:

—*Faccia lei.*

De pie en la barra chocaron los vasitos de grappa y bebieron de un saque. Al tercero decidieron que ese bar era demasiado ruidoso y no conseguirían una velada tranquila. Salieron. Tuvieron que sortear a los jóvenes que charlaban apoyados en las motos. Se alejaron del tumulto y se sentaron en un banco de piedra a mirar la luna que entraba y salía entre unas nubes voluptuosas detrás del Etna. Fernando le tomó las manos. Le gustaba acariciarla. Después se llevó una a la boca.

—Siempre tienes las manos tan calientes —dijo Aurelia mirándolo con los ojos bien abiertos. Él le tomó la cara. Se besaron una y otra vez suavemente, largamente. Cuando Fernando volvió a la realidad, se dio cuenta de que tal vez debían tomar un taxi para volver.

Ella fue a la habitación para lavarse los dientes y sacarse el maquillaje. Quedaron en verse más tarde porque ambos debían hacer llamadas telefónicas. Fernando hizo las suyas en quince minutos y, apoyando los codos en las rodillas, hundió la cara entre las manos. La grappa le había acelerado el pulso y la barba de dos días le pinchaba la palma de la mano. Como la barba le crecía blanca, se afeitaba todos los días, pero aquella tarde no había tenido ni tiempo ni ganas de mostrarse impecable. Pasó al baño para hacer pis y verse en el espejo. Acercó la cara, se miró los ojos. No soy viejo, ¿por qué me siento tan viejo?, pensó. Se palpó el pecho, lo sintió firme. Se tiró al piso. Hizo diez flexiones. Cuando empezó el verano en Buenos Aires se había cortado el pelo bien corto y eso, mucha gente le había dicho, le daba un aspecto más joven. Volvió al espejo, decidió darse una afeitada rápida para no rasparle la piel a Aurelia.

Ni bien ella llegó a su habitación se quitó la ropa. No pudo evitar un escrutinio minucioso de su cuerpo.

Aurelia hacía ejercicio y tenía diez años menos que él, pero también, por más que en la vida cotidiana se despreocupara, no podía eludir cada tanto subir o bajar uno o dos kilos. Se quitó el soutien y se tomó los pechos con las manos. Todavía no se me cayeron, pensó, y en ese preciso instante, cuando se regodeaba con su cuerpo, tuvo que decir en voz alta: ¿Qué coño hago con este hombre? Si no nos conocemos... Cómo podemos embarcarnos en algo tan delirante. Es mi culpa... es absolutamente culpa mía...

En eso estaba cuando sonó el teléfono.

—Hola, Mami, dijo su hija mayor desde Caracas.

—Hola, ¡qué sorpresa, chica!

—¿No te dijo Papá que te iba a llamar a esta hora?

—Sí, sí, claro, pero lo olvidé. ¿Cómo están? ¿Se portan bien con su abuela?

—Sí, Mami, claro. Pero oye, ya somos grandes, ¿no?

—Cuéntame qué hacen. ¿Han ido a la playa? ¿Hacen programa con sus primos?

—Sí, chévere, Mami...

—¡Cómo se te ha pegao el acento, chica!

Habló con su otra hija y cuando cortó, conservó una sensación de trópico y de familia por unos minutos que la llevó a decir: Mañana llamaré a Mamá. Ya hace como un mes que no hablo con ella.

Sonó el teléfono otra vez. Era Fernando. Ella le pidió que viniera a su cuarto. Diez minutos después él golpeaba la puerta. Le propuso mirar una película y vieron *El baile* de Ettore Scola, que recién estaba empezada. Pero entre la melancolía de la acción y la dificultad con el idioma Fernando se aburrió y se quedó dormido. Aurelia tuvo el televisor encendido una hora más, cambiando de canales, sin ganas de apagar la luz.

Cuando por fin se decidió, le dijo a Fernando que se quitara la ropa y se metiera entre las sábanas. Se durmieron abrazados, con las piernas entrelazadas hasta que en la madrugada Fernando se despabiló y le empezó a chupar los pechos.

Fernando abrió los ojos cerca del mediodía con recuerdos del amor que hicieron en la madrugada. Comenzó dándole besos en el hombro, bajó por el brazo y metió la cabeza debajo de las sábanas. Al principio ella no estaba demasiado interesada porque todavía tenía sueño. Pronto el trabajo hizo su efecto y ella empezó a estirarse, a suspirar, a arquear la espalda, a sentir el vértigo. Después, mientras se vestía, Aurelia le preguntó si quería visitar a Tancredi en la casa del tío en Capo d'Orlando.

—¿Qué te parece si me dejás aquí y vas sola? Me gustaría dar una vuelta por las ruinas griegas y romanas. Casi te diría que prefiero estar un poco solo, caminar...

—Pero mi amor, seguro que es un sitio lindísimo, vente conmigo. Te aseguro que no te arrepentirás.

—No, en serio. Prefiero quedarme. Voy a averiguar de algún restaurant bueno para comer esta noche. No te preocupes que te vas a divertir.

Aurelia insistió una vez más y después llamó a Tancredi para pedir instrucciones. El sitio quedaba a menos de una hora. Como había poco viento y un sol agradable bajó la capota. Se puso el *foulard* de Kenzo en la cabeza y con los anteojos negros redondos parecía salir del fondo de la noche de Antonioni. Llevaba mucho tiempo sin manejar un automóvil con cambios. Enseguida se sintió cómoda y empezó a disfrutar del convertible. Después de veinte minutos sobre la ruta provincial, tuvo que tomar un camino rural más angosto que subía y bajaba por las ondulaciones en las que se esparcían los olivares. El silbido del aire en el ventilete y el ronroneo del motor cuando cambiaba de marcha eran los únicos sonidos en la tranquilidad de los campos. Más de las dos de la tarde y Aurelia no sentía prisa. Un par de veces tuvo que detenerse porque un pastor llevaba su rebaño de cabras por el medio de la ruta. Tancredi le había dicho que generalmente almorzaban a la española, es decir, alrededor de las tres. Le entró tanto placer por el paisaje y el clima que por unos instantes se olvidó de dónde venía. Le hubiera gustado prolongar ese trayecto por unas horas y a la caída del sol pernoctar en una casa de campesinos y que Fernando apareciera en su cama en la mitad de la noche. De repente esa escena en una cama de campesinos le hizo recordar muchos años antes en Cerdeña, veinte quizá, cómo había recorrido la isla con un fotógrafo italiano a quien había conocido en Piazza Navona. Era su primer viaje a Europa: el *semester abroad* de Columbia que ella pasó en Roma. Vivía en una pequeña pensión en el Centro Storico. El tipo se le acercó mientras Aurelia tomaba un café en el Tre Scalini, queriendo esconder su inseguridad, su facha de turista detrás de los anteojos de sol. Salieron y a la noche del segundo día ella lo hizo entrar en su cuarto de pensión, que daba a las escaleras de Piazza di Spagna. Al tercero, como él tenía que ir a Cerdeña por trabajo, la invitó a acompañarlo. Volaron de Roma a Cagliari y allí alquilaron un pequeño Fiat. Visitaron varios lugares pero una tarde, mientras almorzaban en una pequeña *trattoria* pan, vino, queso y salame, entablaron conversación con el dueño. Fue así como terminaron invitados por aquella familia que a la noche les cedió el cuarto principal. Era una cama enorme, el colchón vencido y las sábanas con un fuerte perfume a romero. Esa cama era donde Aurelia quería encontrar a Fernando, ¡si sólo pudieran prolongar esa fantasía!

En eso estaba pensando cuando llegó a un cruce. Se detuvo a mirar el mapita que había dibujado en una servilleta del hotel siguiendo las instrucciones que Tancredi le había dictado por teléfono, pero no entendía cuál debía tomar. Se bajó a estirar las piernas y a esperar que alguien pasara. Encendió un cigarrillo y, apoyada sobre la trompa del Alfa, se dedicó a fumar. Por más que hubiera hablado dos veces con su marido en los últimos días, ahora lo sentía una figura difusa y lejana. ¿Qué era lo que los unía? ¿Eran sólo las hijas? La relación con sus hijas ¿era tan fuerte que ella no se podía permitir una vida propia? Como sus padres no se habían divorciado, no conocía el dolor que eso le puede producir a un hijo. ¿Cuál era la vida que no tenía y por qué pensaba que Fernando se la podría dar? ¿Habrá sido que la melancolía de Fernando le producía ciertas señales de alarma que le ponían límites a su entusiasmo?

Se había quitado el saco y ahora que corría un poco de aire sintió escalofríos porque sólo llevaba una blusa de seda. Cruzó los brazos y se frotó un poco los hombros. Así sintió los brazos de Fernando... Fernando, un tipo tan dulce, tan suave, que le hacía el amor con una tranquilidad que Aurelia nunca había conocido. "¡Pero qué encuentros tan fugaces! ¡No entiendo a este hombre! Tanto tiempo sin vernos y en vez de estar pegado a mí, se queda en el hotel", pensó. Apagó el cigarrillo con la suela del zapato y volvió al volante. Como nadie aparecía, decidió tomar por el camino de tierra de la izquierda.

Avanzaba por las colinas de olivares sicilianos que se perdían en el horizonte con una sensibilidad en el cuerpo que oficiaba como la mejor marihuana. Había llovido recientemente y el automóvil casi no levantaba polvo. Subió y bajó dos colinas. Anduvo unos pocos kilómetros hasta que encontró a una vieja vestida de negro y con un pañuelo gris en la cabeza que caminaba detrás de tres burros cargados de leña.

—*Scusi, signora, la tenuta del Barone Piccolo?*
—*Avanti. Avanti. Va bene.*
—*Grazie, buongiorno.*

Engranó la primera y avanzó lentamente otro kilómetro por el accidentado camino de tierra hasta que llegó a la cima de la que, al final, fue la última colina. Una vez que el Alfa comenzó el descenso, en el fondo Aurelia pudo ver la villa ottocentesca y un jardín inmaculado. Mientras cruzaba el portón de piedra sintió la necesidad de llamar a Fernando al hotel. Estacionó junto a una media docena de autos y se dirigió hacia un grupo de personas que charlaban bajo una pérgola.

—*Cara Aurelia, che fortuna, sei risucita a venire!*

—*Ciao, Tancredi...*

—*È stato facile trovare la strada?*

—Sí, fue fácil. ¡Qué paisaje magnífico! Ideal para escribir. Tengo un libro que hace tres años no puedo terminar. En París con la familia me resulta muy complicado todo.

—*Vieni a stare da noi il tempo che vuoi.*

—*Magari.* Sería fantástico, pero no creo que sea posible... ¿Puedo usar un minuto el teléfono?

—*Certo. Calogero, puoi indicare alla signora dov'è il telefono?*

Calogero, el mucamo de saco rayado, pantalones negros y guantes blancos, la acompañó al estudio del tío de Tancredi. El escritorio estaba rodeado de bibliotecas con libros añejos acomodados en doble fila. El viejo aparato de baquelita tenía algunos de los dígitos borrados. Aurelia giró el dial con cuidado y marcó el número del hotel en Taormina; cuando le pasaron la habitación de Fernando, nadie contestó.

Aurelia volvió a la pérgola, donde había una mesa puesta para doce personas.

—*Vuoi un Bloody Mary?*, dijo Tancredi.

—Sí, me encantaría…

—*Il cuoco dello zio ci ha preparato un pranzetto delizioso. Mousse di caciocavallo, maccheroni con sugo di cernia e, come dessert, una torta di mandorle.*

—Sabes, desde que llegué a Sicilia, no he parado de probar cosas exquisitas.

—*Mi fa molto piacere…*

Pocos minutos después apareció el camarero con las entradas y se sentaron a almorzar.

Fernando había salido a caminar. Visitó el teatro grecorromano y el castillo medieval que a su vez fue la acrópolis de la ciudad griega. Se compró dos porciones de pizza en una panadería y las comió sentado en el borde de la fuente de la plaza. Se quedó un rato largo mirando circular a la gente. Dos horas más tarde estaba durmiendo la siesta. Cuando despertó, le costó incorporarse: por primera vez sintió con toda su intensidad la angustia por el fracaso de su declaración del día anterior. La había mantenido a raya todas las horas de vigilia, pero no había calculado que en ese despertar solo se iba a encontrar desarmado.

Veinte minutos después se frotó la cara con agua fría para recuperar algún tipo de control. Se puso el traje de baño y se dirigió a la pileta cubierta del hotel. Nadó durante una hora, estuvo echado otra media hora sobre una reposera mirando una revista. Después se afeitó y, con la sensación de satisfacción con su cuerpo, bajó a pie hasta el pueblo a tomar un café. Se quedó dos horas en un bar, primero mirando un partido de fútbol con los parroquianos y luego tratando de leer *La Repubblica*. Cuando vio que eran las siete y media, pensó que tal vez debía volver al hotel. Pagó las tres grappas que había consumido y salió a la plaza. El sol ya había caído. Los bordes del Etna brillaban en la tarde y cuando él estaba saliendo del pueblo vio cómo se encendían los faroles de alumbrado. Recordó que alguien alguna vez le había dicho que si uno veía eso, daba buena suerte. Ya no sabía para qué la necesitaba.

Se encaminó hacia el hotel por la cuesta. Muy pronto sus pasos comenzaron a opacar los ruidos circundantes. El aire olía a romero, a leña de olivo quemándose. Abajo en el pueblo, flotaban las luces, las voces del anochecer. Las madres que llamaban a los hijos, los últimos aprestos para la cena. Veinte minutos después se detuvo en una curva a recuperar el aliento, a mirar el mar. Retomó el paso y de repente sonó un claxon.

—*Hey, handsome! Would you like a ride?*

—¿Qué tal? ¿Cómo te fue?

—Estupendo, chico. Un lugar sacado del *Gattopardo*. ¡Te lo perdiste! No querían que me fuera… Me invitaron a que vaya cuando quiera, a quedarme una temporada. Algo que me vendría muy bien para terminar mi libro…

—Me imagino…

—Bueno, sube. ¿Ya has comido?

—No, te esperaba a vos. Bajé dos veces al pueblo hoy, nadé en la pileta, estoy muerto. Acordate que mañana tenemos que salir temprano.

—Mejor comemos algo en el hotel, ¿no? Una ensalada, algo ligero…

—Te queda bien este auto —dijo Fernando—. Deberías comprarte un convertible.

—En París nadie usa auto. Es carísimo mantenerlo y además el metro es fantástico.

Aurelia estacionó y los dos se dirigieron al comedor del hotel. Ella contó del almuerzo que había disfrutado en la villa y de los personajes que había conocido. El viejo barón, primo del príncipe de Lampedusa, era un poeta notable y vivía dedicado a la lectura y a amparar a jóvenes escritores.

Por más que hubieran planeado comer liviano, se tentaron y probaron unas albóndigas de rubio y unos quesos de cabra. Ni siquiera el tinto que tomaron era liviano, los vinos sicilianos suelen ser fuertes, aunque de cuerpo indulgente.

Habrán sido las once cuando Fernando la acompañó hasta la habitación. Mientras Aurelia pasaba al baño, él se recostó en la cama a ver televisión. Como ella tardó un rato, Fernando se quedó dormido. Ella le quitó los zapatos, lo tapó con una manta y se introdujo dentro de la cama. A las cuatro de la mañana Fernando se despertó incómodo, se desvistió y también se metió en la cama.

A las siete sonó el despertador. Fernando se fue a su cuarto para ducharse, cambiarse y hacer su valija. Cuando volvió, Aurelia seguía durmiendo.

—Vamos, ¡che! ¡Que vamos a perder el avión!

—No importa, chico. Ven aquí, mi amor…

—¿Querés un último recuerdo?

—¿Por qué dices eso? ¡Es horrible que hables así! Ven, dame un beso…

Fernando se acercó y la besó y ella lo sujetó de la nuca y prolongó el beso. Finalmente él se quitó la ropa y se abrazaron con inmensa tristeza bajo las sábanas.

Un par de horas por la autopista y llegaron a Palermo. Ella habló durante casi todo el trayecto: de sus planes de trabajo una vez que hubiese terminado el libro, de sus hijas, como si el silencio la obligase a contestar lo que Fernando esperaba. Hacia el final Aurelia le pidió que bajara la capota "para disfrutar por última vez del convertible". Devolvieron el automóvil y caminaron en silencio hasta la terminal. Se sentaron en el bar. Fernando pidió un sándwich y una cerveza y Aurelia sólo una Orangina. El vuelo a París era a las tres y cuarto y Fernando tenía un vuelo a Roma casi cada hora. Miraban a la gente en silencio, hasta que Aurelia le agarró las manos y tomó aire como para sumergirse:

—Mi amor, no quiero que creas que no he pensado en lo que me dijiste el sábado. No ha transcurrido una hora sin que hayan pasado por mi mente tu imagen y tus palabras. Te quiero mucho, muchísimo. Pasa que yo veo distinta nuestra relación. Entiendo que, a esta altura, tienes completamente el derecho de no querer verme nunca más. Yo sufriría mucho, me provocaría un dolor tremendo. Pero bueno, no hay nada que yo pueda hacer para retenerte. Si por otro lado tienes un poco de paciencia y estás dispuesto a entenderme...

—¿A entenderte? ¿Qué significa? ¿Qué querés decir?

—Déjame terminar, por favor. Quiero que sigamos hablando y viéndonos. Ya lo sé, es absurdo, tienes razón, no tiene sentido... Lo que sí, mi amor, no desaparezcas de mi vida... Te necesito. Me importa mucho saber de ti, quiero conocerte más y ser parte de tu vida.

—¡Ay, Aurelia! Ni siquiera entiendo qué es lo que me estás pidiendo... Yo te quiero. Ya te lo dije, pero no sé si puedo poner mi vida en el freezer hasta que te decidas, ¿me entendés? No sé lo que me estás pidiendo.

—Fernando, mi amor... te quiero... y quiero que tengamos más tiempo... Tú sabrás qué es lo que estás dispuesto a hacer...

—*Alitalia annunzia la partenza del volo 373 per Parigi delle ore 15.15. I passeggeri sono pregati di recarsi alla porta 21.*

—¡Es mi vuelo! Me tengo que ir. Fernando, te quiero mucho... mi amor... llámame... Te escribo...

Agradezco a:

Federico Argento, Daniel Fahler, Celia Donnelly, Laura Fangmann, Arturo Frydman, Guillermo Gasió, Liliana Ginitman, Daniel Helft, Noé Jitrik, Beatriz Jaguaribe, Adriana Johnson, Luis Kuschnir, Horacio Legrás, Rodolfo Lira, Carlos Linck, Laura Manara, Jorge Mara, Constanza Márquez, Iván Martini, Tununa Mercado, Pablo Nazar, Gisela Padovan, Mario Pellegrini, Paula Pérez Alonso, Lucas Rolandi, Andrea Sanguinetti, Flavia Soldano, Claudia Soria, Jorge Stamadianos y Luz Zorraquín.

Esta edición de 2.000 ejemplares
se terminó de imprimir en
Primera Clase Impresores S.H.
California 1231, Bs. As.,
en el mes de julio de 2006.